OFFICE PROPRE

DE L'ÉGLISE ROYALE

DE S. SYMPHORIEN

DE VERSAILLES.

OFFICE PROPRE

A L'USAGE

DE L'ÉGLISE ROYALE

ET PAROISSIALE

DE S. SYMPHORIEN

DE VERSAILLES,

IMPRIMÉ avec permiſſion de Mgr. L'ARCHEVÊQUE de Paris.

A PARIS,

Chez Cl. SIMON, Imprimeur de Monſeigneur L'ARCHEVÊQUE, rue Saint-Jacques, N°. 27.

1787.

ABRÉGÉ DE LA VIE

DE

SAINT SYMPHORIEN,

MARTYR,

Tiré des Actes de Dom Ruinart, de Baillet, de Tillemont, & des Vies des Peres & des Martyrs, traduites de l'Anglois.

SAINT SYMPHORIEN est regardé, avec beaucoup de raison, comme l'un des plus illustres Martyrs que la France ait donné à l'Eglise. Il étoit fils d'un homme qualifié de la ville d'Autun, nommé Fauste, qui le fit baptiser & tenir sur les Fonts par S. Bénigne & S. Andoche, Apôtres du pays, dont il étoit l'hôte, & qui eut un grand soin de l'élever, non-seulement dans la connoiffance des Belles-Lettres, mais encore fur les inftructions de ces deux Saints, dans la doctrine & la piété chrétienne.

Ces précieufes femences produifirent bientôt des fruits qui le rendirent l'objet de l'eftime & de l'admiration des gens de bien. Se tenant toujours ferme dans les voies étroites de la vertu, il régloit tellement toutes fes actions, & veilloit fi bien fur toute fa conduite, qu'il évita heureufement tous les écueils où vont donner tous ceux qui fe laiffent aller aux charmes trompeurs du monde. Dans un âge qui d'ordinaire ne donne que des efpérances, fon efprit déjà mûr, avoit produit les fruits d'une fageffe anticipée, dont les vieillards les plus confommés dans la pratique des vertus, auroient pu fe faire honneur.

La ville d'Autun étoit une des plus anciennes & des plus célebres des Gaules, mais en même-temps des plus fuperftitieufes & des plus attachées au culte des démons. On y adoroit principalement Cybele, Apollon & Diane.

Il y avoit un jour célebre dans l'année, auquel le Peuple s'assembloit pour la solemnité profane de Cybele, que l'on appelloit la mere des dieux, où l'on portoit sur un char magnifiquement décoré, sa statue. Il se trouvoit toujours un grand concours de peuple à cette cérémonie sacrilége.

SYMPHORIEN . voyant passer la procession, qui étoit composée d'une foule de monde incroyable, ne put s'empêcher d'en marquer sa douleur, & d'en parler avec beaucoup de mépris. On voulut le presser d'adorer la statue comme les autres ; mais on ne put l'y obliger. Il fut aussi-tôt arrêté par la populace, & conduit devant Héraclius, personnage consulaire, & Gouverneur de la Province, qui étoit alors dans la ville, & qui n'y étoit venu que pour rechercher les Chrétiens.

HÉRACLIUS s'étant assis sur son Tribunal, lui demanda son nom, sa profession ; & sur ce qu'il se déclaroit Chrétien si ouvertement, il crut qu'il avoit échappé aux Commissaires de la persécution. Il lui demanda pourquoi il

refufoit d'adorer l'image de la mere des dieux.
Je viens de vous en dire la raifon, répondit
Symphorien ; c'eft que je fuis Chrétien. J'a-
dore le vrai Dieu qui régne dans le ciel ; mais
pour l'idole du démon dont vous me parlez ,
fi vous voulez me faire donner un marteau,
je vais dans l'inftant la mettre en piece.

Le Juge, choqué de fa réponfe, dit qu'il
ne fe contentoit pas d'être facrilége , qu'il
vouloit encore être rebelle. Il demanda aux
Officiers s'il étoit citoyen de la ville. Ils lui
dirent que oui , & d'une famille noble.
Alors il dit à Symphorien : Vous avez voulu
vous divertir , & je vois que vous vous flattez de votre naiffance. Peut-être ne favez-
vous pas l'Ordonnance des Empereurs : qu'un
Officier en faffe la lecture. C'étoit apparem-
ment l'Edit que Marc-Aurele avoit fait publier
l'an 177.

On lut l'Edit ; & le Juge s'adreffant à
Symphorien , lui dit : Qu'avez-vous à répondre à cela ? Pouvons-nous renverfer les
loix des Princes ? Il y a deux chefs d'accufa-

tion contre vous, celui du facrilége envers les dieux, & celui de rébellion à la loi.

SYMPHORIEN, fans s'ébranler, lui fit connoître la réfolution où il étoit de demeurer fidéle à Dieu, & l'éloignement qu'il avoit pour le culte de l'idole qu'on vouloit lui faire adorer. Le Juge le fit battre de verges par fes Licteurs, & l'envoya en prifon. Quelques jours après, il le fit amener; & le croyant affoibli par tout ce qu'il avoit fouffert, il lui propofa de nouveau de facrifier pour être remis en liberté, ajoutant que s'il vouloit adorer les dieux, il recevroit un préfent confidérable du tréfor public, avec une charge & les honneurs de la milice. La réponfe que fit Symphorien au Gouverneur, marquoit combien il étoit perfuadé de la vanité des honneurs & des richeffes de la terre, & avec quelle foi il en attendoit de plus folides dans le ciel, de la part du Dieu qu'il fervoit. Il déclara avec encore plus de zele qu'auparavant, qu'il déteftoit avec horreur les extravagantes & cruelles fuperftitions du culte de Cybele & des autres démons; de forte que le Juge, irrité du mépris qu'il fai-

soit de ses promesses & de ses dieux, prononça contre lui une sentence de mort, &
le condamna à avoir la tête tranchée.

COMME on le menoit hors de la ville pour
être exécuté, sa mere, aussi vénérable par
son âge que par sa vertu, lui crioit du haut
des murailles, pour l'encourager : Mon fils,
Symphorien, mon fils, souvenez-vous du Dieu
vivant ; armez-vous de constance & de force ;
élevez votre cœur en haut, & regardez celui
qui régne dans le ciel. On ne vous ôte pas la
vie ; on ne fait que vous la changer en une
meilleure : on vous conduit à un bonheur
éternel ; le chemin est étroit & difficile, mais
il est court.

SYMPHORIEN, animé par les discours pleins
de feu, & d'une tendresse toute spirituelle de
sa mere, consomma son sacrifice avec beaucoup de courage & de joie. Il étoit âgé d'envi-
ron dix-neuf ans. Après qu'il eut été exécuté,
des personnes de piété allerent secretement
enlever son corps, & l'enterrerent dans une
petite Cellule, auprès d'une fontaine, hors

du champ public qui étoit deſtiné aux exercices. La vertu divine qui ſe fit ſentir à ſon tombeau, par le grand nombre de miracles qui s'y opérerent dans la ſuite, obligea les Payens même à lui accorder leur vénération. Les Fideles y allerent honorer ſa mémoire & réclamer ſon interceſſion auprès de Dieu.

Le Prêtre Euphrone, qui fut depuis Evêque d'Autun, fit bâtir vers le milieu du cinquieme ſiecle, une Egliſe magnifique en ſon honneur, auprès de ſon tombeau; & Dieu continua d'y opérer les merveilles & les faveurs qu'il accordoit aux hommes, en conſidération de ſon ſaint Martyr, ſur-tout depuis que l'on y eut tranſporté ſon corps.

Cette Egliſe, devenue célebre par le culte du Saint, fut accompagnée d'un Monaſtere dans le ſixieme ſiecle, dont Saint Germain fut Abbé avant que d'être Evêque de Paris. Cette Abbaye a été depuis réduite en un Prieuré conventuel de l'Ordre de Saint Auguſtin, qui ſubſiſte encore aujourd'hui. Saint Germain tranſporta avec lui le culte de Saint

Symphorien à Paris , & fit bâtir une Chapelle
en son honneur, au bas de la nef de l'Abbaye de Saint Vincent, où il voulut lui-même
être enterré.

LE XXII. AOUST.

SAINT SYMPHORIEN,

MARTYR,

PATRON de l'Eglise Royale & Paroissiale de son nom en la Ville de Versailles, Diocèse de Paris.

ANNUEL.

AUX PREMIERES VÊPRES.

Pseaumes de la Férie.

1. *Ant.* Quis putas, puer iste erit ? Etenim manus Dómini erat cum illo. *Luc* 1.

2. *Ant.* Crevit puer, & benedixit ei Dóminus, cœpitque spíritus Dómini esse cum eo. *Jud.* 13.

3. *Ant.* Cum ab infántia sua Deum timúerit & mandáta ejus custodíerit : immóbilis in Dei timóre permánsit. *Tob.* 2.

4. *Ant.* Custodívit ánimam suam & nunquam con-

1. *Ant.* Quel pensez-vous que sera un jour cet enfant ? Car la main du Seigneur étoit avec lui.

2. *Ant.* L'enfant crût, & Dieu le bénit ; & l'esprit du Seigneur commença à être avec lui.

3. *Ant.* Ayant toujours craint Dieu dès son enfance, & ayant gardé tous ses commandemens, il demeura ferme & immobile dans la crainte du Seigneur.

4. *Ant.* Il conserva son ame pure & ne se souilla jamais,

A

parce qu'il se souvint de Dieu de tout son cœur.

taminátus est , quóniam memor fuit Dómini in toto corde suo. *Tob.* 1.

5. *Ant.* Il étoit instruit dans la voie du Seigneur ; il en parloit avec zele & ferveur d'esprit.

5. *Ant.* Erat edoctus viam Dómini ; & fervens spíritu loquebátur. *Act.* 18.

CAPITULE.

LOrsque j'étois encore jeune, je recherchois la sagesse : elle a fleuri en moi comme un raisin mûr avant le tems ; & mon cœur a trouvé sa joie en elle.

Graces à Dieu.

℞. Quoique tous les autres allassent adorer les veaux d'or, il fuyoit seul la compagnie de tous les autres, * Et adoroit le Seigneur le Dieu d'Israël. ℣. Son esprit se sentit ému , & comme irrité dans lui-même, en voyant que cette ville étoit si attachée à l'idolâtrie. * Et il adoroit. Gloire. ℣ Et il adoroit.

CUm adhuc júnior essem, quæsívi sapiéntiam ; & effóruit tánquam præcox uva ; & lætátum est cor meum in ea. *Eccl.* 51.

℞. Deo grátias.

℞. Cum irent omnes ad vítulos áureos, hic solus fugiébat consórtia ómnium, * Et adorábat Dóminum Deum Israël. ℣. Incitabátur spíritus ejus in ipso , videns idololatríæ déditam Civitátem. * Et adorábat.

Glória Patri. * Et adorábat. *Tob.*. 1 *Act.* 17.

HYMNE.

CHantons les triomphes d'un enfant devenu le soldat de Jesus-Christ. Il eut pour pere Fauste , homme qualifié ; il fut l'ornement du peuple d'Autun , ayant été élevé dans le sein de cette ville.

MILITEM Christi púerum canámus , Nóbili Fausto génitum parente Æduæ gentis decus , ipsiusque Urbis alumnum.

Cet enfant, à peine parvenu à la premiere fleur de la jeunesse, avoit eu soin de fortifier son cœur , déjà solidement chrétien, par l'étude des saintes Lettres ; de sorte qu'il marchoit de pair avec les vieillards les plus respectables, par la pureté de ses mœurs.

HIC puer , primo juvenílis ævi , Flore , jam pectus benè christiánum Imbuit sacris stúdiis, senesque Móribus æquat.

BÀRBAROS ritus fúgiens,
    malignum
Vulgus offendit, dare fa-
    bulófæ
Ut deûm matri, rénuit pro-
    fáni
      Múnera thuris.
QUANDO folemni dea ma-
    gna pompâ
Aureo curru véhitur per
    urbem,
Vana déridet fimulácra,
    vanæ
      Númina plebis.
PRÆSES, ut furdum mó-
    nitis, minifque
Vidit hunc, cœdi jubet,
    atque tradi
Cárceri; carcer, laniáta
    membra,
      Ludus amánti.

SUMMA laus Patri, genitó-
    que Verbo;
Par tibi fit laus amor utriuf-
    que,
Mártyris, cujus generófa
    flagrant
      Péctora flammis.
      Amen.
℣. Omnes dii géntium
dæmónia,
  ℟. Dóminus autem cœ-
lós fecit. *Pf. 95.*

A Magníficat.

Ant. Non plantábis lu-
cúm, & omnem arbórem
juxta altáre Dei tui, nec

Ennemi juré des cérémonies
en ufage parmi les Idolâtres, il
ne craint pas de contredire les
préjugés d'un peuple plein de
malignité: fon courage va juf-
ques à refufer d'offrir un encens
profane à une divinité chimé-
rique, Cybelle, la mere des
dieux.

Un jour que l'on promenoit
en triomphe par les rues de la
ville, la ftatue de cette déeffe
fur un char magnifiquement
orné, il fe mocque publiquement de ce vain fimulacre;
divinité auffi frivole que le peuple qui l'adore.

Dès que le Gouverneur, devant lequel on le traîne, s'ap-
perçoit qu'il eft fourd aux con-
feils & aux menaces, il ordonne
qu'on le frappe de verges,
qu'on l'enferme dans une étroite
prifon; mais la prifon & des
membres déchirés, font un jeu
pour celui qui aime fincérement
Jefus-Chrift.

Que la plus grande louange
foit donnée au Pere, au Verbe
fon Fils, & à celui qui eft l'a-
mour de l'un & de l'autre; lui
par la vertu duquel le cœur généreux de notre Martyr, brûle
des plus faintes ardeurs.
    Ainfi foit-il.

℣. Tous les dieux des Na-
tions font autant de démons.
℟. Mais le Seigneur a créé les
cieux.

Ant. Vous ne planterez ni de
grands bois ni aucun arbre auprès de l'autel du Seigneur votre
Dieu. Vous ne vous ferez & ne

A 2

vous dreſſerez point de ſtatue ; parce que le Seigneur votre Dieu hait toutes ces choſes.

fácies tibi , neque conſtítues ſtátuam , quæ odit Dóminus Deus tuus. *Deut.* 16.

ORAISON.

O Dieu , qui , pour manifeſter les prodiges de votre puiſſance , avez voulu que votre Martyr Symphorien , dès l'âge le plus tendre , s'enflammât d'une ſainte colere contre le culte des démons , & s'attachât fortement & uniquement à Jeſus-Chriſt votre Fils , accordez-nous , nous vous en ſupplions , qu'en exaltant les merveilles que vous avez opérées en lui , nous méritions d'être encouragés par ſes exemples , & aſſociés un jour à ſa couronne ; Par le même Jeſus-Chriſt notre Seigneur. Ainſi ſoit-il.

D Eus, qui ad manifeſtanda poténtiæ tuæ mirácula Mártyrem tuum Symphoriánum, étiam in ténera ætáte contrà cultum dæmoniórum inflammári, ſolíque Chriſto fórtiter adhærére voluiſti ; tríbue nobis, quæſumus, ut in eo magnália tua prædicantes, & exemplis ejus accendi, & præmiis ſociári mereámur ; Per eumdem Dóminum , &c.

A COMPLIES,

Ant. Le Fils eſt le vrai Dieu & la vie éternelle. Mes chers enfans, gardez-vous des Idoles.

Ant. Eſt Deus verus, & vita æterna. Filíoli, cuſtodíte vos à ſimulácris. *Epiſt. Joan.* 5. 20.

HYMNE.

O Vous, qui êtes élevé en gloire parmi les bienheureux, ſaint Martyr, regardez-nous avec bonté ; obtenez-nous la grace de pratiquer vos vertus, pour que nous partagions un jour vos triomphes.

Aſſiſtez-nous pendant le travail, protégez-nous durant le ſommeil , de peur que nous ne ſoyons ſurpris par les artifices du démon, & que nous ne de-

I NTER triumphans cœlites ,
Nos, ſancte Martyr, réſpice,
Virtúte fac tibi pares ,
Palmam parem fac cónſequi.

NOSTROS labóres ádjuva
Somno ſepultos nos fove ,
Prædam malignis , ne leo

Deturpet atrox únguibus.

INSANA gens peccávimus
Audi gementes, ô Deus :
Noftros tui des Mártyris
Mifcére fletus sánguini.

UNI fit & trino Deo,
Supréma laus fummum decus,
Certántium qui fróntibus
Nectit corónas glótiæ.
Amen.

venions la victime de fa cruauté.

Infenfés que nous fommes, nous avons péché ! mais, Dieu de bonté ! témoin de nos regrets, lavez nos offenfes dans nos pleurs, mêlés au fang de votre faint Martyr.

Honneur & gloire au Dieu unique en trois perfonnes, qui prépare des couronnes immortelles à ceux qui combattent pour fon amour.
Ainfi foit-il.

A Nunc dimittis.

Ant. Zelo zelátus fum pro Dómino Deo exercítuum ; derelictus fum ego folus, & quærant ánimam meam ut áuferant eam. *3. Reg. 19. 10.*

Ant. Je brûle de zele pour vous, Seigneur, Dieu des armées ; je fuis demeuré feul, & ils cherchent encore à m'ôter la vie.

A MATINES.

Pfeaumes du Dimanche & à tout l'Office, excepté les fecondes Vêpres.

INVITATOIRE.

Deum Mártyris fortitúdinem, & corónam, * Veníte adorémus.

Venez adorer le Dieu qui eft la force & la couronne de notre Martyr.

Pf. 94.

VEníte, exultémus Dómino ; jubilémus Deo falutári noftro : præoccupémus fáciem ejus in confefsióne, & in pfalmis jubilémus ej. Deum, &c.

VEnez, réjouiffons-nous dans le Seigneur ; chantons la gloire de Dieu notre Sauveur : préfentons-nous devant lui en célébrant fes louanges, & chantons avec joie des cantiques en fon honneur. Venez.

A 3

Car le Seigneur est le grand Dieu & le grand Roi, élevé au-dessus de tous les dieux ; le Seigneur ne rejettera pas son peuple : toute l'étendue de la terre est en sa main, & les plus hautes montagnes sont à lui. Venez.

Il est le maître de la mer, car il l'a faite ; ses mains ont aussi créé la terre. Venez, adorons Dieu, & prosternons-nous devant lui : pleurons devant le Seigneur qui nous a fait, car il est le Seigneur notre Dieu : nous sommes son peuple & les brebis qu'il conduit lui-même à ses pâturages. Venez.

Si vous écoutez aujourd'hui sa voix, n'endurcissez pas vos cœurs, comme il arriva au jour du murmure qui attira sur vous ma colere dans le désert, où vos peres me tenterent, où ils éprouverent ma puissance, & furent ensuite les témoins des miracles que je fis. Venez.

J'ai été proche de ce peuple pendant quarante ans, & j'ai dit : Leur cœur est toujours dans l'égarement ; ils n'ont pas connu mes voies, & j'ai juré, dans ma colere, qu'ils n'entre-ront point dans le lieu de mon repos. Venez.

Gloire au Pere, au Fils, au Saint-Esprit, comme il étoit au commencement, maintenant & dans tous les siecles des siecles. Ainsi soit-il. Venez.

Quóniam Deus magnus Dóminus, & Rex magnus super omnes deos; quóniam non repellet Dóminus plebem suam ; quia in manu ejus sunt omnes fines terræ, & altitúdines móntium ipse cónspicit. Deum, &c.

Quóniam ipsíus est mare, & ipse fecit illud, & áridam fundavérunt manus ejus. Veníte, adorémus, & procidámus ante Deum, plorémus coram Dómino qui fecit nos ; quia ipse est Dóminus Deus noster : nos autem pópulus ejus, & o-ves páscuæ ejus. Deum, &c.

Hódie si vocem ejus au-diéritis, nolíte obduráre corda vestra; sicut in exa-cerbatióne secundùm diem tentatiónis in deserto, ubi tentavérunt me patres ves-tri, probavérunt, & vidé-runt ópera mea. Deum, &c.

Quadraginta annis pró-ximus fui generatióni huic, & dixi : Semper hi errant corde ; ipsi verò non cogno-vérunt vias meas : quibus jurávi in ira mea : Si introí-bunt in réquiem meam. Deum, &c.

Glória Patri, & Fílio, & Spirítui sancto; Sicut erat in princípio, & nunc, & semper, & in sécula seculó-rum. Amen. Deum, &c.

HYMNE.

MARTYREM Judex várias per artes
Rursus à Christo revocáre
tentat :
Nunc opes spondet, modo
blandientes
    Addit honóres.

NULLA vis, nec spes, bene
fida franget
Corda, pro Christo violen-
tus ardor
Mártyris crescit ; procul
hinc deórum
    Fábula clamat.

NUNC sinas, divûm cadet
illa mater
Hâc manu, Judex : Ego
Christiánus,
Cœlitum Regem , Dómi-
numque Christum
    Numen adóro.

PRÆSES exarsit, furibun-
dus irâ :
Mártyris tradit caput ampu-
tandum,
Ad necem læto volat ille
vultu
    Víctima Christi.

PROTINUS muro Génitrix
ab alto
Fortis ut quondam Macha-
bæa mater
Instat, hortátur, stimulis-
que natum
    Urget amóris.

MACTE, mi fili, mea cura,
nate ;

LE Juge a de nouveau recours à différens artifices pour détacher de Jesus-Christ notre Martyr ; tantôt il lui promet des richesses , tantôt il cherche à le gagner par l'attrait des honneurs.

Mais ni la force , ni l'espérance de tous ces avantages , ne sera pas capable d'ébranler un cœur aussi fidele que le sien ; la vive ardeur qu'il ressent pour Jesus-Christ , prend de nouveaux accroissemens. Loin de moi, s'écrie-t-il , cette chimere de divinité.

Juge , si vous le permettez , cette main va réduire en poudre cette mere des dieux : je suis Chrétien , & je n'adore comme vrai Dieu que le Roi du Ciel , Jesus-Christ notre Seigneur.

Le Gouverneur irrité , entre en fureur ; il ordonne que l'on tranche la tête à notre saint Martyr ; mais content de souffrir pour Jesus-Christ , il vole à la mort , la joie peinte sur son visage.

Aussi-tôt sa mere , du haut des murailles de la ville , inébranlable comme autrefois celle des Machabées , presse , exhorte son fils , le conjure avec la plus vive tendresse de consommer son sacrifice.

Courage , mon fils , s'écrie t'elle ! mon fils , le plus cher objet de mes soins, vous marchez à la vie par un supplice bien court : Levez les yeux au ciel, considérez-y la palme qui vous y attend.

A peine a-t-il entendu sa mere, que son courage augmente : après l'avoir mis une fois au monde, elle l'enfante de nouveau pour le ciel ; par-là il est deux fois son fils, & elle devient deux fois sa mere.

Que la plus grande louange soit donnée au Pere, au Verbe son Fils, & à celui qui est l'amour de l'un & de l'autre, lui par la vertu duquel le cœur généreux de notre Martyr brûle des plus saintes ardeurs.

Ainsi soit-il.

Pergis ad vitam, brevióre
   pœnâ :
Tolle sublímes óculos, pa-
   rátam
      Aspice palmam.
AUDIIT matrem, capit indè
   vires
Quem tulit terris, paret
   hunc olympo,
Seque bis natum probat ille,
   bísque
      Illa parentem.
SUMMA laus Patri, genitó-
   que Verbo ;
Par tibi sit laus, amor utriuf-
   que,
Mártyris, cujus generófa
   flagrant
      Péctora flammis.
         Amen.

AU I. NOCTURNE.

1. *Ant.* Ils le conduisirent au tribunal du Proconsul, en disant : Celui-ci veut persuader aux hommes d'adorer Dieu d'une maniere contraire à la loi.

2. *Ant.* Le Tribun s'approchant, se saisit de lui & le fit lier avec deux chaînes.

3. *Ant.* Les grands étant en colere contre lui, le firent battre & l'envoyerent en prison ; & il y demeura plusieurs jours.

℣. Mon salut & ma gloire sont en Dieu ;

℟. Il est mon secours & le ferme appui de mon espérance.

1. *Ant.* Adduxérunt eum ad Tribúnal, dicentes : Quia contra legem hic persuádet homínibus cólere Deum. *Act.* 19.

2. *Ant.* Accédens Tribúnus apprehendit eum, & jussit eum alligári caténis duábus. *Act.* 21.

3. *Ant.* Iráti príncipes contra eum, cæsum misérunt in cárcerem ; & sedit ibi diébus multis. *Jer.* 37.

℣. In Deo salutáre meum & glória mea ;

℟. Deus auxílii mei, & spes mea in Deo est. *Ps.* 59.

Leçon j.

De libro secundo Macha-
bæórum.

Du second livre des Machabées.

A Ntíochus contemni
se arbitrátus , cum
adhuc adolescéntior
super esset , non solùm verbis hortabátur , sed & cum
juramento affirmábat , se
dívitem & beátum factú-
rum , & translátum à pá-
triis légibus amícum habitúrum , & res necessárias
ei præbitúrum. Sed ad hæc
cum adolescens nequáquam
inclinarétur , vocávit rex
matrem , & suadébat ei ut
adolescenti fieret in salútem. Cùm autem multis
eam verbis esset hortátus ,
promísit suasúram se filio
suo. Tu autem , Dómine ,
miseráre nostrî.

℟. Deo grátias.

A Ntiochus , croyant qu'on
le méprisoit , comme le
plus jeune de tous , étoit
resté , il commença non-seule-
men à l'exhotter par ses paroles , mais à l'assurer avec serment qu'il le rendroit riche &
heureux ; qu'il le mettroit au
rang de ses favoris , & lui donneroit toutes les choses nécessaires , s'il vouloit abandonner
les loix de ses peres. Mais ce
jeune homme ne pouvant être
ébranlé par ses promesses , le roi
appella sa mere , & l'exhorta
à inspirer à son fils des sentimens plus salutaires. Après donc
qu'il lui eut dit beaucoup de
choses pour la persuader , elle
lui promit d'exhotter son fils.

Pour vous , Seigneur , ayez
pitié de nous.

℟. Rendons graces à Dieu.

℟. Lapídibus de monte
símiles sunt dii illórum , lí-
gnei , & lapídei , & áurei ,
& argéntei. *Qui autem
colunt ea , confundentur.
℣. Stans in médio eórum ,
ait : Per ómnia quasi supers-
titióres vos vídeo , præté-
riens & videns simulácra vestra. *Qui autem. Glória
Patri. *Qui autem. *Bar. 6.*
Act. 17.

℟. Les dieux qu'ils honorent
sont semblables à des pierres
que l'on tire d'une montagne :
ce sont des dieux de bois , de
pierre , d'or & d'argent. *Ceux
qui les adorent seront couverts
de confusion. ℣. Etant au milieu d'eux , il leur dit : Il me
semble que vous êtes superfti-
tieux jusques à l'excès , en considérant en passant les simulacres de vos dieux. *Ceux qui
les adorent. Gloire au Pere.
*Ceux qui les adorent.

Leçon ij.

ELle se baissa en même tems pour lui parler ; & se moquant de ce cruel tyran, elle lui dit en la langue du pays : Mon fils, ayez pitié de moi, qui vous ai porté neuf mois dans mon sein, qui vous ai nourri de mon lait pendant trois ans, & qui vous ai élevé jusques à l'âge où vous êtes. Je vous conjure, mon fils, de regarder le ciel & la terre, toutes les choses qui y sont renfermées, & de bien comprendre que Dieu les a créées de rien, aussi-bien que tous les hommes. Ainsi, vous ne craindrez point ce cruel bourreau ; mais vous rendant digne d'avoir part aux souffrances de vos freres, vous recevrez de bon cœur la mort, afin que je vous reçoive de nouveau avec vos freres dans cette miséricorde que nous attendons.

℟. Des chaînes & des afflictions me sont préparées ; mais je ne crains rien de toutes ces choses, * Et je suis prêt d'exposer ma vie, pourvu que j'acheve ma carriere. ℣. Je souffrirai avec constance & avec joie une mort honorable pour la défense de nos saintes & respectables loix. * Et je suis prêt. Gloire au Pere. * Et je suis prêt.

ITaque inclináta ad illum, írridens crudélem tyrannum, ait pátriâ voce : Fili mi, miserére meî, quæ te in útero novem ménsibus portávi, & lac triénnio dedi, & álui, & in ætátem istam perduxi. Peto, nate, ut aspícias ad cœlum & terram, & ad ómnia quæ in eis sunt ; & intélligas, quia ex níhilo fecit illa Deus, & hóminum genus : ita fiet, ut non tímeas carníficem istum : sed dignus frátribus tuis efféctus párticeps, súscipe mortem, ut in illa miseratióne cum frátribus tuis te recípiam.

℟. Víncula & tribulatiónes me manent, sed nihil eórum véreor, * Nec fácio ánimam meam pretiosiórem quam me, dúmmodo consummem cursum meum. ℣. Prompto ánimo, ac fórtiter pro gravíssimis ac sanctíssimis légibus honestâ morte perfungar. * Nec fácio. Glória Patri. * Nec fácio. *Act.* 20. 2. *Mach.* 7.

Leçon iij.

LOrsqu'elle parloit encore, ce jeune homme se mit à crier : Qu'attendez-vous de moi ? Je n'obéis point au commandement du roi, mais au

CUm illa adhuc díceret, ait adoléscens quem sustinétis ? Non obédio præcepto regis, sed præcepto legis, quæ data eſt nobis per Móyſen. Tu verò, qui inventor omnis malítiæ factus es in Hæbræos, non effugies manum Dei. Nos enim hæc pro peccátis noſtris pátimur; & ſi nobis propter increpatiónem & correptiónem Dóminus Deus noſter módicum irátus eſt: ſed iterùm reconciliábitur ſervis ſuis. Tu autem, ô ſceleſte, & ómnium hóminum flagitioſíſſime, noli fruſtrà extolli vanis ſpebus in ſervos ejus inflamátus. Nondum enim omnipotentis Dei, & ómnia inſpicientis, judícium effugiſti; nam fratres mei, módico nunc dolóre ſuſtentáto, ſub teſtamento æternæ vitæ effecti ſunt : tu verò judício Dei, juſtas ſupérbiæ pœnas exſolves. Ego autem, ſicut & fratres mei, ánimam & corpus meum trado pro pátriis légibus, ínvocans Deum matúriùs genti noſtræ propítium fíeri, teque eum tormentis & verbéribus confitéri quod ipſe eſt Deus ſolus. Tunc rex accenſus irâ, in hunc ſuper omnes crudélius deſævit, indignè ferens ſe deríſum.

℟. Certa bonum certámen * Apprehende vitam

précepte de la loi qui nous a été donnée par Moyſe. Quant à vous, qui êtes l'auteur de tous les maux dont on accable les Hébreux, vous n'éviterez pas la main de Dieu ; car pour nous, c'eſt à cauſe de nos péchés que nous ſouffrons toutes ces choſes ; & ſi le Seigneur notre Dieu s'eſt mis un peu en colere contre nous pour nous châtier & nous corriger, il ſe réconciliera de nouveau avec ſes ſerviteurs. Mais pour vous, qui êtes le plus ſcélérat & le plus abominable de tous les hommes, ne vous flattez pas inutilement par de vaines eſpérances, en vous enflammant de fureur contre les ſerviteurs de Dieu ; car vous n'avez pas encore échappé le jugement de Dieu qui peut tout & qui voit tout. Et quant à mes freres, après avoir ſupporté une douleur paſſagere, ils ſont entrés maintenant dans l'alliance de la vie éternelle. Mais pour vous, vous ſouffrirez au jugement de Dieu la peine que votre orgueil a juſtement méritée. Pour ce qui eſt de moi, j'abandonne volontiers, comme mes freres, mon corps & mon ame pour la défenſe des loix de mes peres, en conjurant Dieu de ſe rendre bientôt favorable à notre nation, & de vous contraindre, par les tourmens & par pluſieurs plaïes, à confeſſer qu'il eſt le ſeul Dieu. Alors le roi, tout enflammé de colere, fit éprouver ſa cruauté à celui-ci, encore plus qu'à tous les autres, ne pouvant ſouffrir que l'on ſe mocquât ainſi de lui.

℟. Soyez courageux dans le ſaint combat de la foi ; * Tra-

A 6

vaillez à remporter le prix de la vie éternelle, à laquelle vous avez été appellé, ayant si excellemment confeffé la foi en préfence de plufieurs témoins. ℣. Je fuis le Seigneur votre Dieu qui vous prend par la main, & qui vous dit : Ne craignez point ; c'eft moi qui vous aide & qui vous foutient. * Travaillez. Gloire au Pere. * Travaillez.

æternam, in quâ vocátus es, & confeffus bonam confeffiónem, coram multis téftibus. ℣. Ego Dóminus Deus tuus apprehendens manum tuam ; dicens quo tibi : Ne tímeas, ego adjuvi te. * Apprehende. Glória Patri. * Apprehende. On répete le ℟. jufqu'au ℣. Tim. 6. If. 41.

AU II. NOCTURNE.

1. *Ant.* Je parlois des témoignages de votre loi devant les rois, & je n'en avois pas de confufion.

2. *Ant.* Il répondit en la préfence du roi : Que vos préfens, ô roi, foient pour vous, & faites part à un autre des honneurs de votre maifon.

3. *Ant.* Ils paffèrent tout d'un coup à une grande colere, à caufe de ces paroles qu'il avoit dites, qu'ils attribuoient à orgueil.

℣. J'ai réfolu de ne point fermer mes levres ; ℟. Seigneur, vous le favez.

1. *Ant.* Loquébar de teftimóniis tuis in confpectu regum, & non confundébar. *Pf.* 118.

2. *Ant.* Ait coram rege múnera tua fint tibi, & dona domûs tuæ álteri da. *Dan.* 5.

3. *Ant.* In iram converfi funt, propter fermónes ab eo dictos, quos illi per arrogántiam prolátos arbitrabantur. 2. *Mach.* 6.

℣. Ecce lábia mea non prohibébo ; ℟. Dómine, tu fcifti. *Pf.* 39.

Leçon iv.

SYmphorien, né en la ville d'Autun, étoit fils d'un homme qualifié & Chrétien, nommé Faufte. On croit qu'il fut baptifé à l'âge de trois ans par faint Bénigne, Apôtre du pays, & tenu fur les Fonts par faint Andoche. Parvenu à l'âge de s'inftruire, il s'occupa de l'étude & des lettres

SYmphoriánus Auguftodunenfis, patre Faufto nóbili & Chriftiáno oriundus ; ætátis anno tértio à fancto Benígno Divionenfi Apóftolo fertur baptifátus, & à fancto Andóchio de fonte facro fufcep-

tus. Factus difciplinæ ca-
pax , tum fecularibus lit-
teris , tum chriftiánæ Religiónis myftériis imbútus ,
totus divíno cúltui manci-
pátur. Quare cum Berecyn-
thiæ fimulácrum per æduæ
cómpita , feftívâ pompâ
carpento veherétur , effu-
fáque multitúdo ad ftátuam
adorandam in génua proci-
déret , terga vertens Symphoriánus ad tantum fcelus
exhórruit , & idólum fe
adoratúrum negávit. Falfâ
fimulácri fpécie delúfa multitúdo, Symphoriánum fpre-
tæ religiónis apud Herá-
clium virum confulárem
accúfant.

℟. Dixérunt : Accéde ;
& fac juffum regis * Et eris
inter amícos regis , & am-
plificátus auro & argento,
& munéribus multis. ℣. Qui
volunt dívites fieri inci-
dunt in tentatiónem , & in
láqueum diáboli , & defi-
déria multa inutília & no-
cíva. * Et eris. Glória Patri. * Et eris. 1. *Mach.* 2.
Hebr. 11.

humaines , & des myfteres ado-
rables de la Religion chrétienne.
Il fe confacra tout entier au
culte du vrai Dieu. Un jour que
l'on promenoit avec la plus
grande pompe dans les rües
d'Autun , fur un char magnifiquement orné , la ftatue de la
déeffe Cybele , & que le peuple
fe profternoit de toutes parts
pour l'adorer , Symphorien ,
tournant le dos , fit éclater l'horreur qu'il reffentoit pour un
femblable facrilége , & déclara
formellement qu'il n'adoreroit
pas l'idole. La multitude attachée à fon erreur , qui avoit
pour objet ce vain phantôme de
divinité , cite Symphorien au
tribunal d'Héraclius , homme
confulaire , comme un impie
profanateur de leurs myfteres.

℟. Ils lui dirent : Venez, &
exécutez l'ordre du roi, * Et
vous ferez au rang de fes amis,
comblé d'or & d'argent, & de
grands préfens. ℣. Ceux qui
veulent devenir riches , fuc-
combent à la tentation , s'en-
gagent dans les filets du démon , & plufieurs defirs inutiles & dangereux. * Et vous.
Gloire au Pere. * Et vous.

LEÇON V.

IN Confuláris confpec-
tum igitur adductus , &
nomen & religiónem con-
feffus, loris , verberibuf-
que lacerátus ; cárceri man-
cipátur ; unde poft áliquot

PRéfenté devant le Gouverneur , il déclare hautement
fon nom & fa religion. Auffi-
tôt, par fon ordre, on le frappe
de verges, on le renferme dans
une étroite prifon. En étant
forti quelques jours après , le

tyran essaye de nouveau à le séduire par des paroles pleines de douceurs, par de magnifiques promesses. Il ne convient pas à un Juge, lui dit notre Saint, de faire retentir l'air de paroles inutiles. Il y a trop long-tems, Symphorien, reprend le Juge, que vous abusez de ma patience. Si vous ne sacrifiez pas tout-à-l'heure à la mere des dieux, après vous avoir fait passer par diverses tortures, je vous livrerai à la mort. Je ne sers que mon Créateur, reprend Symphorien ; c'est lui seul que je crains ; c'est lui seul que je suis dans l'usage d'adorer. A ce discours, Héraclius enflammé de colere, prononça contre notre jeune homme cette sentence : Que Symphorien, pour venger nos dieux & notre religion du mépris qu'il en a fait, périsse par le glaive.

℟. Non-seulement il l'exhorta par ses paroles, mais * Il l'assura avec serment qu'il le rendroit riche & heureux, qu'il le mettroit au rang de ses amis, & lui donneroit toutes les choses nécessaires. ℣. Quiconque veut être l'ami de ce siecle, se rend dès-lors l'ennemi de Dieu. * Il l'assura. Gloire au Pere. * Il l'assura.

dies edúctus, blandis vócibus ac pollicitatiónibus tentátus, tyranno dixit : Ináni verbórum sónitu strepére Júdicem non decet. Cui Judex : Nímium diu te sustíneo, Symphoriáne ; nisi deórum matri sacrificáveris, váriis tortum supplíciis morti te tradam. Cui Symphoriánus : Soli Creatóri meo sérvio, solum tímeo, solum venerári sóleo. Super his accénsus irâ Heráclius hanc in adolescentem tulit senténtiam : deórum contemptor, & spretae religiónis reus Symphoriánus, ultóre gládio moriátur.

℟. Non solùm verbis hortabátur, sed & * Cum juramento affirmábat, se dívitem & beátum factúrum, & amícum habitúrum, & res necessárias ei praebitúrum. ℣. Quicumque volúerit amícus esse séculi ejus, inimícus Dei constitúitur.

* Cum juramento. Glória Patri. * Cum juramento.
2. *Mach.* 7. *Jac.* 4.

Leçon vj.

A Peine le Gouverneur a-t-il prononcé, qu'on le conduit au martyre, hors les murs de la ville. La généreuse mere d'un enfant si courageux, alliant un courage mâle avec la tendresse d'une femme, inquiete sur le

His dictis, extrà muros ad martyrium dúcitur. Ad quem tam nóbilis prolis generósa parens, foemíneae cogitatióni masculínum ánimum ínferens, & de filii agóne follícita , euntem de muro proféquitur : Nate , nate Symphoriáne ; memento Dei vivi , fursùm fili erecto corde , áfpice regnantem in cœlis ; hódie tibi vita non tóllitur , fed mutátur in mélius. Symphoriánus verò , fupplícium quafi thefaurum amplectens ; óculis ac mánibus erectis in cœlum , anno ætátis décimo nono carníficis ferro fe fúbdidit , & cápite truncátus eft circa finem fecundi féculi anno centéfimo octogéfimo. Ejus corpus in Céllula juxta fontem fepultum cum váriis miráculis inclaruiffet , fuper illud fanctus Euphrónius Présbyter , ac póftea Æduórum Epífcopus , infignem Basílicam ædificávit , in quam exindé cyratiómum famâ celebérrimam confluxit populórum frequéntia. Sancti Mártyris Reliquiárum portiúncula ab anno fuprà milléfimum feptuagéfimo octogéfimo fexto in hujus Paróchiæ fub ejus patrocínio Deo confecrátæ , in præcípuo Altári reverenter affervátur.

fuccès du combat , lui adreffe , du haut des murailles , ces paroles : Mon fils , Symphorien mon fils , fouvenez vous du Fils du Dieu vivant ; élevez votre cœur vers le ciel ; confidérez-y celui qui y régne : aujourd'hui on ne va pas vous ôter la vie , mais la changer en une meilleure. Symphorien regardant fon fupplice comme un tréfor , les yeux & les mains levés vers le ciel , âgé feulement de dix-neuf ans , préfenta fa tête au bourreau , qui la lui trancha ; fur la fin du fecond fiecle , l'an cent quatre-vingt. Son corps , enterré dans une petite Chapelle , proche une fontaine , fe manifefta bientôt par des prodiges. S. Euphrone , Evêque d'Autun , vers le milieu du cinquieme fiecle , fit bâtir une Eglife magnifique en fon honneur : les miracles qui s'y operent , y attirent un grand nombre de fideles. Une petite portion des Reliques du faint Martyr , eft refpectueufement confervée fous le maître Autel de cette Paroiffe , confacrée à Dieu fous fon invocation.

℟. Cuftodívit illum Dóminus ab inimícis , & à feductóribus tutávit illum * Et certámen forte dedit illi ut vínceret , & in vínculis non derelíquit illum. ℣. Ipfe dixit non te déferam neque derelínquam ,

℟. La fageffe l'a protégé contre fes ennemis , l'a défendu des féducteurs , * L'a engagé dans un rude combat , afin qu'il demeute victorieux ; elle ne l'a point quitté dans fes chaînes. ℣. Dieu lui-même lui a dit : Je ne vous laifferai point & ne vous abandonnerai point ; c'eft pourquoi nous difons avec confiance :

Le Seigneur est mon secours. * L'a engagé. Gloire. * L'a engagé.

támen. *On répete le* ℟. 13.

ita ut confidenter dicámus : Dóminus mihi adjútor. * Et certámen. Glória. * Et certámen. *On répete le* ℟. *jusqu'au* ℣. *Sap.* 10. *Hebr.*

AU III. NOCTURNE.

1. *Ant.* Considérant ce qu'il lui faudroit souffrir, & demeurant ferme dans la patience, il résolut de ne rien faire contre la loi pour l'amour de la vie.

2. *Ant.* J'abandonne volontiers mon corps & mon ame pour la défense des loix de mes peres, invoquant Dieu, parce qu'il est seul le vrai Dieu.

3. *Ant.* Le Roi & ceux qui l'accompagnoient, admirerent le courage de ce jeune homme, qui considéroit comme rien les plus grands tourmens.

℣. Je chanterai votre gloire, vous qui êtes mon secours,

℟. Parce que vous êtes le Dieu qui me protégez.

1. *Ant.* Patienter sústinens, destinávit non admíttere illícita propter vitæ amórem. 2. *Mach.* 6.

2. *Ant.* Animam & corpus meum trado pro pátriis légibus, ínvocans Deum, quod ipse est solus Deus. 2. *Mach.* 7.

3. *Ant.* Rex, & qui cum ipso erant, mirabantur adolescentis ánimum, quod tanquam níhilum dúceret cruciátus. 2. *Mach.* 7.

℣. Adjútor meus, tibi psallam,

℟. Quia Deus suscéptor meus es. *Ps.* 58.

LEÇON vij.

Lecture du saint Evangile selon saint Luc.

EN ce tems-là, Jesus dit à ses Disciples : Ils se saisiront de vous & vous persécuteront, vous traînant dans les Synagogues & dans les prisons, & vous menant par force devant les Rois & les Gouverneurs, a cause de mon nom. Et le reste.

Léctio sancti Evangélii secúndùm Lucam. *cap.* 21.

IN illo témpore, dixit Jesus Discípulis suis : Injícient vobis manus suas, & perséquentur, tradentes in Synagógas & custódias, trahentes ad Reges & Præsides, propter nomen meum. Et réliqua.

Homília sancti Augustíni Epíscopi.

IStum nobis festum diem pássio beáti Mártyris fecit, cujus nos victóriæ celébritas in istum locum devotíssimos congregávit. Sed celebrátio solemnitátis Mártyrum imitátio debet esse virtútum. Fácile est honórem Mártyris celebráre ; magnum est fidem atque patiéntiam Mártyris imitáti. Hoc sic agámus, ut illud optémus : hoc sic celebrémus, ut illud pótius diligámus. Quid laudámus in fide Mártyris ? Quia usque ad mortem pro veritáte certávit, & ídeò vicit. Blandientem mundum contempsit ; ídeò victor ad Deum accéssit.

℞. Etsi in præsenti témpore supplíciis hóminum erípiar, manum omnipoténtis nec vivus, nec defúnctus effúgiam. * Quamóbrem fórtiter vitâ excedendo, adolescéntibus exemplum forte relinquam. ℣. Ego non solùm alligári, sed & mori parátus sum, propter nomen Dei Jesu. * Quamóbrem. Glória Patri. * Quamóbrem. *2. Mach.* 8. *Act.* 21.

Homélie de saint Augustin, Evêque.

LEs souffrances de notre saint Martyr nous ont fait de ce jour un jour de fête ; c'est la célébrité de sa victoire qui nous a rassemblé dans ce lieu pour vaquer aux pratiques de dévotion. Mais en célébrant la solemnité des Martyrs, nous devons imiter leurs vertus. Rien de plus facile que de chanter les louanges d'un Martyr ; mais le plus essentiel est d'imiter sa foi & sa patience. Acquittons-nous de l'un, de maniere à désirer que l'autre s'accomplisse en nous ; célébrons celui-ci desorte, que nous nous attachions plus fortement à l'autre. Que louons-nous dans la foi d'un Martyr ? De ce qu'il a combattu pour la vérité jusques à la mort, & qu'ainsi il a remporté la victoire. Il a méprisé les carresses du monde ; c'est ce qui l'a fait entrer triomphant dans le Sanctuaire qu'habite la Divinité.

℞. Encore que je me délivrasse présentement des supplices des hommes, je ne pourrois néanmoins fuir la main du Toutpuissant, ni pendant ma vie ni après ma mort. * C'est pourquoi mourant courageusement, je laisserai aux jeunes gens un exemple de fermeté. ℣. Je suis tout prêt de souffrir, non-seulement la prison, mais la mort même pour le nom du Seigneur Jesus. * C'est pourquoi. Gloire au Pere. * C'est pourquoi.

Leçon viij.

DAns ce siecle, il se rencontre en abondance des erreurs & des craintes. Notre saint Martyr a vaincu les erreurs par sa sagesse, les terreurs par sa patience. Ce qu'il a fait est grand ; en suivant l'Agneau, il a triomphé du lion. Lorsque le persécuteur sévissoit, le lion frémissoit de rage ; mais comme il considéroit attentivement le divin Agneau dans le Ciel, il terrassoit & fouloit aux pieds le lion sur la terre. Faites attention, mes Freres, à la grandeur de ce prodige : des hommes ont été envoyés dans l'univers entier pour prêcher la Résurrection d'un homme mort, son Ascension dans le ciel ; & pour avoir annoncé ces vérités, ils se sont courageusement soumis à tout ce qu'un monde insensé a voulu leur faire souffrir, la perte de leurs biens, les exils, les prisons, les tortures, les bûchers, les bêtes féroces, les croix, & toute espece de mort.

℟. J'ai reçu ces membres du ciel ; * Mais je les méprise maintenant pour la défense des loix de Dieu, † Parce que j'espere qu'il me les rendra un jour. ℣. Je me réjouis maintenant dans les maux que je souffre ; j'accomplis dans ma chair ce qui reste à souffrir à JesusChrist, en souffrant moi-même. * Mais. Gloire au Pere. † Parce que.

ABundant in isto século erróres & terróres : Beatíssimus Martyr erróres sapiéntiâ, terróres patiéntiâ superávit. Magnum est quod fecit : secútus Agnum, leónem vicit. Quando persecútor sœviébat, leo fremébat ; sed quia Agnus sursùm attendebátur, leo deorsum calcabátur. Cogitáte, Fratres, quale fuit mitti hómines per orbem terrárum prædicáre hóminem mórtuum resurrexísse, in cœlum ascendísse, & pro ista prædicatióne pérpeti ómnia quæ insániens mundus ínferret, damna, exilia, víncula, tormenta, flammas, béstias, cruces, mortes.

℟. E cœlo membra ista possídeo, sed * Propter Dei leges, hæc ipsa despício, † Quóniam ab ipso me ea receptúrum spero. ℣. Gáudeo in passiónibus, & adímpleo ea quæ desunt passiónum Christi in carne mea. * Propter. Glória Patri. † Quóniam. 2. Mach. 7. Coloss. 1.

Leçon ix.

[S'il est Dimanche , l'Homélie sur l'Evangile du Dimanche.]

DEus adjútor est. Hunc adjutórem , ut vínceret , beátus Martyr hábuit , quem mirámur , cujus hódie solemnitátem celebrámus. Sine illo non vínceret. Et si dolóres vínceret , diábolum non vínceret. Aliquando enim victi à diábolo , vincunt dolóres , non habentes patiéntiam , sed durítiam. Illi ergo adjútor áffuit , ut donáret ei fidem , fáceret ei bonam causam , & pro bona causa donáret patiéntiam. Tunc enim est patiéntia , quando præcédit bona causa. Non enim & ipsam fidem álius quam Deus donat. Bréviter utrumque commendávit Apóstolus , & causam pro quâ patiámur , & patiéntiam quâ mala perferámus , à Deo nobis esse. Exhortans enim Mártyres , ait : Quia vobis donátum est pro Christo , ecce bona causa , non solùm ut credátis in eum , sed étiam ut patiámini pro eo , hæc est vera patiéntia.

℞. Gloriosíssimam mortem magis quam odíbilem

Dieu est notre secours. Le saint Martyr que nous admirons, & dont nous célébrons aujourd'hui la solemnité, l'a eu pour soutien, afin de triompher. Sans lui, il n'auroit point vaincu; & quoiqu'il eût pu être supérieur aux douleurs, il n'auroit cependant pas triomphé du démon. Il arrive quelquefois que ceux qui sont vaincus par le démon, surmontent les douleurs : ce n'est pas alors en eux le fruit de la patience, mais plutôt celui de la dureté, de l'insensibilité. Le Seigneur l'a donc secouru pour lui donner la foi, pour rendre sa cause bonne, & la patience nécessaire pour soutenir sa bonne cause ; car la vraie patience n'existe que lorsqu'elle est précédée par une bonne cause. Il n'y a que Dieu seul qui donne la véritable foi. Le grand Apôtre nous assure en peu de paroles de ces deux vérités, que c'est de Dieu que nous vient & la cause pour laquelle nous souffrons, & la patience avec laquelle nous supportons toute espece de maux ; car en exhortant les premiers fideles au martyre, il leur dit : Il vous a été donné de souffrir pour Jesus-Christ : voila la bonne cause, non seulement afin que vous croyez en lui, mais encore afin que vous souffriez pour lui. Voila la vraie patience.

℞. Préférant une mort pleine de gloire à une vie criminelle,

* Il alla volontairement & de lui-même au supplice. ℣. Il aima mieux être affligé avec le peuple de Dieu , que de jouir du plaisir si court qui se trouve dans le péché. * Il alla. Gloire au Pere. * Il alla.

luntáriè. Glória. * jusqu'au ℣. Mach. 6.

Nous vous louons , vrai Dieu.

℣. Je chanterai , Seigneur , votre puissance ;

℞. Et dès le matin j'exalterai votre miséricorde.

vitam complectens , * Voluntáriè præibat ad supplícium. ℣. Magis éligens affligi cum pópulo Dei , quam temporális peccáti habére jucunditátem. * Voluntáriè. *On répete le* ℞. 2. *Mach.* 6. *Heb.* 11.

Te Deum.

℣. *Sacerd.* Cantábo , Dómine , fortitúdinem tuam ;

℞. Et exaltábo manè misericórdiam tuam.

A LAUDES.

1. *Ant.* POürquoi n'adorez-vous pas Bel ? Parce que je n'adore pas les idoles faites de la main des hommes, mais le Dieu vivant qui a fait le ciel & la terre.

2 *Ant.* Le Roi lui dit : Croyez-vous que Bel ne soit pas un dieu vivant ?

3. *Ant.* Il répondit en souriant : O Roi ! ne vous y trompez pas ; ce Bel est de boue au-dedans , & d'airain au-dehors.

1. *Ant.* QUare non adóras Bel ? Quia non colo idóla manu facta, sed viventem Deum , qui fecit cœlum & terram. *Dan.* 14.

2. *Ant.* Dixit Rex ad eum : Non vidétur tibi esse Bel vivens deus ? *Dan.* 14.

3. *Ant.* Ait irridens : Ne erres , Rex , iste enim intrínsecùs lúteus est , & forínsecùs æreus. *Dan.* 14.

CANTIQUE. *Sap.* 4.

QUand le juste mourroit d'une mort précipitée , * il se trouveroit dans le repos ;

Parce que ce qui rend la vieillesse vénérable , * n'est pas la longueur de la vie ni le nombre des années ;

Mais la prudence de l'homme

JUstus si morte præoccupátus fúerit , * in refrigério erit.

Senectus enim venerábilis est , non diuturna , * neque annórum número computáta.

Cani autem sunt sensus

hóminis, * & ætas fenec-
tútis vita immaculáta.

Placens Deo factus eft
dilectus, * & vivens inter
peccatóres tranflátus eft.

Raptus eft ne malítia mu-
táret intellectum ejus, *
ne fictio decíperet ánimam
illíus.

Confummátus in brevi *
explévit témpora multa.

Plácita erat Deo ánima
illíus : * propter hoc properávit edúcere illum de
médio iniquitátum.

Pópuli autem videntes,
& non intelligentes, * nec
ponentes in præcórdiis tália :

Quóniam grátia & mife-
ricórdia in fanctos ejus, *
& refpectus in electos illíus.

Condemnat juftus mór-
tuus * vivos ímpios.

Et juventus celériùs con-
fummáta * longam vitam
injufti.

Vidébunt enim finem fa-
pientis, & non intélligent
quid cogitáverit de illo
Deus, * & quare munícrit
illum Dóminus.

Vidébunt & contemnent
eum : * illos autem Dómi-
nus irridébit.

Glória Patri.

\4. *Ant.* Dóminum Deum
meum adóro : quia ipfe eft

lui tient lieu de cheveux blancs; *
& la vie fans tache eft une heu-
reufe vieilleffe.

Comme le jufte a plu à Dieu,
il en a été aimé, * & Dieu l'a
transféré d'entre les pécheurs
parmi lefquels il vivoit.

Il l'a enlevé, de peur que fon
efprit ne fût corrompu par la
malice, * & que les apparences
trompeufes ne féduififfent fon
ame,

Ayant peu vécu, * il a rempli la courfe d'une longue vie ;

Car fon ame étoit agréable à
Dieu : * c'eft pourquoi il s'eft
hâté de le tirer du milieu de
l'iniquité.

Les peuples voyent cette conduite fans la comprendre ; * &
il ne leur vient point dans la
penfée

Que la grace de Dieu & fa
miféricorde font fur fes faints, *
& que fes regards favorables
font fur fes élus.

Mais le jufte mort * con-
damne les méchans qui lui fur-
vivent.

Sa jeuneffe fi-tôt finie, * eft
la condamnation de la longue
vie de l'injufte.

Ils verront la fin du fage ; *
ils ne comprendront point le
deffein de Dieu fur lui, &
pourquoi le Seigneur l'aura mis
en fûreté.

Ils le verront, & ils le mé-
priferont ; * & le Seigneur fe
mocquera d'eux.

Gloire au Pere.

4. *Ant.* J'adore le Seigneur
mon Dieu, parce que c'eft lui
qui eft un Dieu vivant ; mais

celui ci n'est pas un dieu vivant.

Deus vivens, iste autem non est Deus vivens. *Dan.* 14.

5. *Ant.* Le Roi entrant en colere, dit : Il mourra, parce qu'il a blasphémé contre Bel. Il répondit au Roi : Qu'il soit fait selon votre parole.

5. *Ant.* Irátus Rex ait : Moriétur quia blasphemávit in Bel ; & dixit Regi : Fiat juxtà verbum tuum. *Dan.* 14.

CAPITULE. 2. *Mach.* 6.

SEigneur, qui avez une science toute sainte, vous connoissez clairement qu'ayant pu me délivrer de la mort, je souffre dans mon corps de très-sensibles douleurs ; mais que dans l'ame je sens de la joie de les souffrir pour votre crainte.

DOmine, qui habes sanctam sciéntiam, manifestè tu scis, quia, cum à morte possem liberári, duros córporis sustíneo dolóres ; secundùm ánimam verò propter timórem tuum libenter hæc pátior.

℟. Graces à Dieu.

℟. Deo grátias.

HYMNE.

COnsacrons ce jour solemnel à la mémoire du généreux Athlette de Jesus-Christ, que la foi de nos peres donna dès les premiers tems à la France déjà Chrétienne.

Lui qui n'étoit que comme un enfant par la foiblesse de l'âge, sa fermeté d'ame en fit un héros, & la grandeur de sa foi un illustre Martyr, l'ornement de notre patrie.

Il dédaigna les trésors & les dignités qu'on lui offroit pour le corrompre, brava les menaces, les fouets, les fers, & triompha des rois, des dieux, & de la mort même.

Bienheureux Martyr, vous avez pu mourir, mais vous n'avez pu être vaincu. Pour nous, votre peuple, que vous voyez

SOLEMNIS hæc fluat dies Christi sacráta míliti, Antíqua patrûm, jam piis, Fides dedit quem Gálliis.

ILLUM juventus débilem Fecit, virum constántia ; Nostræ decórem pátriæ, Fecit fides hunc Mártyrem.

OPES, honóres, témnere, Minasque, virgas, víncula, Reges, potentes, & deos Novit, cruentas & neces.

VINCI nequísti, sed mori, Beáte Martyr, nunc tuis.

Mundo periclitántibus,
Monftres falútis fémitas.

ARA fub unà dúplicem
Habes, Deus, tu, vícti-
mam :
Quæ filium, fe in filio
Mater Sacerdos ímmolat.

POTENS fides ! per quam
Deo,
Ætas & omnis, mílitat
Et fexus omnis ; víribus
Vires miniftra lánguidis.

SIT Trinitáti glória
Quæ fertíli dum Mártyrum
Cruóre terras ímbuit,
Semen polo nos gérminet.
Amen.

℣. Expugnavérunt me à
juventúte mea ;

℟. Etenim non potúe-
runt mihi. *Pf.* 128.

expofé dans ce monde à mille
dangers de périr, nous vous
conjurons de nous conduire
dans les routes du falut.

Grand Dieu ! le même autel
vous préfente aujourd'hui deux
victimes ; une mere qui fait la
fonction de Prêtre, en vous of-
frant fon fils, s'immole elle-
même avec lui.

O foi puiffante, qui fais des
foldats de tout âge & de tout
fexe, capables de défendre la
caufe de Dieu, viens ranimer
nos langueurs, en nous don-
nant des forces nouvelles.

Gloire à la fainte Trinité,
& qu'en arrofant notre terre du
fang des Martyrs, elle la ferti-
life, & faffe de nous des fruits
mûrs pour l'éternité.

Ainfi foit-il.

℣. Ils m'ont depuis ma jeuneffe fouvent attaqué ;

℟. Mais ils n'ont pu prévaloir
fur moi.

A Benedictus.

Ant. Tum Rex accenfus
irâ in hunc defævit, índigné
ferens fe derífum. 2. *Mach.*
7.

Ant. Le Roi tout enflammé
de colere, lui fit éprouver fa
cruauté, ne pouvant fouffrir
que l'on fe mocquât ainfi de
lui.

ORAISON.

DEus, qui ad mani-
feftánda poténtiæ tuæ
mirácula, Mártyrem tuum
Symphoriánum, étiam in
ténerâ ætáte, contrà cul-
tum dæmoniórum inflam-
mári, folíque Chrifto fir-
miter adhærére voluifti ;
tríbue nobis, quæfumus,

SEigneur, qui pour manifefter
les prodiges de votre puiffance, avez voulu que votre
Martyr Symphorien, dès l'âge
le plus tendre, s'enflammât
d'une fainte colére contre le
culte des démons, & s'attachât fortement & uniquement
à Jefus-Chrift votre fils, accordez-nous, nous vous en fupplions, qu'en exaltant les mer-

veilles que vous avez opérées en lui, nous méritions d'être encouragés par ses exemples, & associés un jour à sa couronne; Par le même Jesus-Christ.

ut in eo magnália tua prædicantes, & exemplis ejus accendi & præmiis ejus sociári mereámur; Per eumdem Dóminum.

A PRIME.

Doxologie pour toutes les petites Heures.

Gloire à la sainte Trinité, qui donne dans le ciel à notre saint Martyr, des palmes éternelles pour une mort passagere. Ainsi soit-il.

Sit Trinitáti glória; Inter beátos quæ dedit Nostro perennes Mártyri, Pro morte fluxâ láureas. Amen.

Ant. Pourquoi n'adorez-vous pas Bel? Parce que je n'adore pas les idoles faites de la main des hommes; mais j'adore le Dieu vivant, qui a fait le ciel & la terre.

Ant. Quare non adóras Bel? Quia non colo idóla manu facta, sed viventem Deum, qui fecit cœlum & terram. *Dan.* 14.

CANON.

Tiré du Concile de Milan, tenu sous S. Charles, *l'an* 1573, *tit.* 1.

Ex Concílio Mediolanensi sub sancto Cárolo. *Anno* 1573. *tit.* 1.

Plus les habitans d'une Paroisse font paroître de dévotion, en célébrant le jour de la Fête du Saint sous la protection duquel l'Eglise Paroissiale est dédiée, plus le Curé fera ensorte, par ses exhortations, que ses Paroissiens se rappellent souvent & avec piété à l'esprit, les saints exercices des vertus que leur Patron a pratiquées, & dont le mérite, en le plaçant dans le ciel, l'a fait jouir de la gloire éternelle. Qu'il leur représente leur Saint, embrâsé pour eux d'une ardente charité, présentant aux pieds du trône de la Majesté divine, les prieres de tous ceux dont il s'est chargé

Quo religiósiùs íncolæ uníus cujúsque Paróchiæ, festum diem colant illíus Sancti, cujus Patrocínio Parochiális Ecclésia dedicáta est, cohortatiónibus agat Párochus, ut ánimo piè répetant religiósas ejus sanctárum virtútum exercitatiónes; quarum méritis in cœlum ille vocátus, cum sempiternâ glóriâ perfruátur, pro caritáte quâ abundat, eórum quorum salútis Patrocínium suscépit,

preces

preces Deo offert. Die Sancti qui Paróchiæ Patrónus
est & custos , quo ad illíus
imitatiónem magis fidéles
inflammentur; id Paróchus
præstet , cum frequéntior
in Ecclésia pópulus adest,
ut ipse aut álius in suggef-
tu res ejus sanctè admira-
biliterque gestas , morum
disciplinam , pietátis stúdia
ac virtútes pronúntiet. Tu
autem.

de procurer le salut. . . . . Le
jour de la Fête du Saint , qui est
le Patron & le Gardien de la
Paroisse, le Pasteur aura soin,
ou par lui-même ou par un
autre, afin que les Fideles soient
puissamment excités à le pren-
dre pour modéle , de leur dé-
tailler en chaire les œuvres saintes qu'il a pratiquées , les merveilles qu'il a opérées , la régu-
larité de ses mœurs ; enfin son
zele & son ardeur pour la piété
& les autres vertus chrétiennes.
Pour vous , Seigneur.

A TIERCE.

Ant. Dixit Rex ad eum :
Non vidétur tibi esse Bel
vivens Deus ? *Dan.* 14.

Ant. Le Roi lui dit : Est-ce
que Bel ne vous paroît pas un
dieu vivant ?

CAPITULE. *Dan.* 2.

Tibi Deus patrum nos-
trórum , confíteor ,
teque laudo ; quia sapiéntiam & fortitúdinem dedisti mihi.

℟. Deo grátias.
℟. *br.* Immolavérunt dæ-
móniis * & non Deo. * Al-
lelúia , allelúia. Immolavérunt. ℣. Diis quos ignu-
rábant. * Allelúia. Glória.
Immolavérunt. *Deut.* 32.
℣. Tu Dóminus altíssi-
mus super omnem terram ;
℟. Nimis exaltátus es
super omnes deos. *Ps.* 96.

JE vous rends graces & je vous
bénis, ô Dieu de mes peres,
parce que vous m'avez donné la
sagesse & la force.

℟ Graces à Dieu.
℟. *br.* Au lieu d'offrir leurs
sacrifices à Dieu , ils les ont
offert aux démons. Alleluia ,
alleluia. Au lieu. ℣. A des
dieux qui leur étoient inconnus.
Alleluia. Gloire. Au lieu.

℣. Vous êtes le Seigneur qui
avez l'empire sur toute la terre ;
℟ Vous êtes infiniment élevé
au-dessus de tous les dieux.

ORAISON de Laudes.

B

A LA PROCESSION.

℣. Quoique tous les autres allaſſent adorer le veau d'or, il fuyoit ſeul la compagnie de tous les autres, & adoroit le Seigneur le Dieu d'Iſraël. ℣. Son eſprit ſe ſentit ému & comme irrité dans lui-même, en voyant que cette ville étoit ſi attachée à l'idolatrie. * Et adoroit. Gloire. * Et adoroit.

℟. Cum irent omnes ad vítulos áureos hic ſolus fugiébat conſórtia ómnium , * Et adorábat Dóminum Deum Iſraël. ℣. Incitabátur ſpíritus ejus in ipſo, videns idololátriæ déditam civitátem. * Et adorábat. Glória Patri. * Et adorábat. *Tob. 1. Act. 17.*

℣. Il n'eſt perſonne parmi les dieux qui puiſſe vous être aſſimilé , Seigneur ;

℟. Il n'en eſt aucun qui vous reſſemble dans vos ouvrages.

℣. Non eſt ſímilis tuî in diis, Dómine.

℟. Non eſt ſecundùm ópera tua. *Pſ.* 85.

ORAISON.

Dieu tout-puiſſant & éternel, vous qui avez engagé dans un rude combat ſaint Symphorien, votre Martyr, afin de lui faire mépriſer les catreſſes du monde , & triompher de ſa cruauté ; accordez-nous , nous vous en ſupplions , d'imiter fidélement la conſtance de la foi que nous admirons dans ce jeune athlete ; Par J. C.

Omnipotens ſempiterne Deus, qui beáto Symphoriáno Mártyri tuo , ut mundum blandiéntem reſpúeret , ſævientemque vínceret , certámen forte dediſti ; tríbue , quæſumus, ut quam in júvene mirámur fídei conſtántiam, illam ſédulâ imitatióne áſſequi valeámus ; Per Chriſtum.

A LA MESSE.

Introït.

Magnus Dóminus , & laudábilis nimis , terríbilis est super omnes deos , quóniam omnes dii géntium dæmónia ; Dóminus autem cœlos fecit. *Ps.* 47. *Psalm.* Deus meus es tu , & confitébor tibi : Deus meus es tu , & exaltábo te. Glória. Magnus Dóminus. *Ps.* 95.

LE Seigneur est grand & au-dessus de toute louange ; il est sans comparaison plus redoutable que tous les dieux ; parce que tous les dieux des nations sont des démons ; mais le Seigneur est le créateur des cieux, *Psalm.* Vous êtes mon Dieu , & je vous confesserai toujours. Vous êtes mon Dieu , & je ne cesserai de vous exalter. Gloire. Le Seigneur.

Collecte.

Deus , qui ad manifestanda poténtiæ tuæ mirácula , Mártyrem tuum Symphoriánum ; étiam in ténerâ ætáte , contra cultum dæmoniórum inflammári , solique Christo fórtiter adhærére voluisti : tríbue nobis , quæsumus , ut in eo magnália tua prædicantes , & exemplis ejus accendi , & præmiis ejus sociári mereámur ; Per eumdem Dóminum.

SEigneur , qui pour manifester les prodiges de votre puissance, avez voulu que votre Martyr Symphorien , dès l'âge le plus tendre , s'enflammât d'une sainte colere contre le culte des démons , & s'attachât fortement à Jesus-Christ votre fils ; accordez-nous, nous vous en supplions, qu'en exaltant les merveilles que vous avez opérées en lui , nous méritions d'être encouragés par ses exemples , & associés un jour à sa couronne ; Par le même J. C.

Epître,

Léctio libri Machabæórum. 2. 7.

Antiochus , contemni se arbitrátus , cum adhuc adolescéntior superes-

Lecture du livre des Machabées.

Antiochus, voyant qu'on le méprisoit, comme le plus jeune, étoit resté, il commença non-seulement à l'exhorter par

B 2

ses paroles , mais à l'assurer avec serment qu'il le rendroit riche & heureux , qu'il le mettroit au rang de ses favoris , & lui donneroit toutes les choses nécessaires , s'il vouloit abandonner la loi de ses peres. Mais ce jeune homme ne pouvant être ébranlé par ses promesses , le Roi appella sa mere, & l'exhorta à inspirer à son fils des sentimens plus salutaires. Après donc qu'il lui eut dit beaucoup de choses pour la persuader , elle lui promit d'exhorter son fils. Elle se baissa en même tems pour lui parler ; & se mocquant de ce cruel tyran , elle lui dit en la langue du pays : Mon fils , ayez pitié de moi , qui vous ai porté neuf mois dans mon sein , qui vous ai nourri de mon lait pendant trois ans , & qui vous ai élevé jusques à l'âge où vous êtes. Je vous conjure , mon fils , de regarder le ciel & la terre, & toutes les choses qui y sont renfermées , & de bien comprendre que Dieu les a faites de rien , aussi-bien que tous les hommes. Ainsi vous ne craindrez point ce cruel bourreau ; mais vous rendant digne d'avoir part aux souffrances de vos freres, vous recevrez de bon cœur la mort, afin que je vous reçoive de nouveau avec vos freres dans cette miséricorde que nous attendons. Lorsqu'elle parloit encore , ce jeune homme se mit à crier : Qu'attendez-vous de moi ? Je n'obéis point au commandement du Roi , mais au précepte de la loi qui nous a été donnée par Moyse. Quant à vous , qui êtes l'auteur de tous les maux dont on accable les Hébreux , vous n'éviterez pas la main de Dieu ; car pour

set , non solùm verbis hortabátur , sed & cum juramento affirmábat, se dívitem & beátum factúrum , & translátum à pátriis légibus amícum habitúrum , & res necessárias ci præbitúrum. Sed ad hæc cum adolescens nequáquam inclinarétur, vocávit Rex matrem, & suadébat & ut adolescenti fieret in salútem. Cum autem multis eam verbis esset hortátus, promísit suasúram se filio suo. Itaque inclináta ad illum , írridens crudélem tyrannum , ait pátriâ voce : Fili mi , miserére meî , quæ te in útero novem ménsibus portávi , & lac triénnio dedi , & álui , & in ætátem istam perduxí. Peto , nate , ut aspícias ad cœlum & terram , & ad ómnia quæ in eis sunt ; & intélligas , quia ex níhilo fecit illa Deus , & hóminum genus. Ita fiet , ut non tímeas carníficem istum : sed dignus frátribus tuis efféctus párticeps , súscipe mortem ; ut in illa miseratióne cum frátribus tuis te recípiam. Cum hæc illa adhuc díceret, ait adolescens: Quem sustinétis ? Non obédio præcepto regis. , sed præcepto legis , quæ data est nobis per Móysen. Tu verò qui inventor omnis malítiæ factus es in Hæbreos, non éffugies manum Dei. Nos enim pro peccátis noftris hæc pátimur ; & fi nobis propter increpatiónem & correptiónem Dóminus Deus nofter módicum irátus eft : fed íterum reconciliábitur. fervis fuis. Tu autem , ô fcelefte, & ómnium hóminum flagitiosíffime , noli fruftrà extolli vanis fpebus in fervos ejus inflammátus. Nondum enim omnipotentis Dei , & ómnia infpicientis, judícium effugifti. Nam fratres mei , módico nunc dolóre fuftentáto , fub teftamento æternæ vitæ effecti funt : tu verò judício Dei juftas fupérbiæ tuæ pœnas exfolves. Ego autem ficut & fratres mei , ánimam & corpus meum trado pro pátriis légibus , ínvocans Deum matúriùs genti noftræ propítium fieri, teque cum tormentis & verbéribus confitéri quod ípfe eft Deus folus. Tunc Rex accenfus irâ , in hunc fuper omnes crudélius defævit , índignè ferens fe derífum. Et hic itaque mundus óbiit , per ómnia in Deo confidens. ℞. Deo grátias.

nous , c'eft à caufe de nos péchés que nous fouffrons toutes ces chofes ; & fi le Seigneur notre Dieu s'eft mis un peu en colere contre nous pour nous châtier & nous corriger , il fe réconciliera de nouveau avec fes ferviteurs. Mais pour vous , qui êtes le plus fcélérat & le plus abóminable de tous les hommes, ne vous flattez pas inutilement par de vaines efpérances , en vous enflammant de fureur contre les ferviteurs de Dieu ; car vous n'avez pas encore échappé le jugement de Dîeu , qui peut tout & qui voit tout. Et quant à mes freres , après avoir fupporté une douleur paffagere , ils font entrés maintenant dans l'alliance de la vie éternelle. Mais pour vous , vous fouffrirez au jugement de Dieu la peine que votre orgueil a juftement mérité. Pour ce qui eft de moi, j'abandonne volontiers , comme mes freres, mon corps & mon ame pour la défenfe des loix , en conjurant Dieu de fe rendre bientôt favorable à notre nation , & de vous contraindre par les tourmens & par plufieurs plaies , à confeffer qu'il eft le feul Dieu. Alors le Roi , tout enflammé de colere , fit éprouver fa cruauté à celui-ci , encore plus qu'à tous les autres , ne pouvant fouffrir que l'on fe mocquât ainfi de lui. Il mourut donc dans la pureté de fon innocence, avec une parfaite confiance en Dieu.

℞. Graces à Dieu.

GRADUEL.

Vous n'aurez point des dieux étrangers devant moi ; vous ne vous ferez point d'images taillées ; vous ne les adorerez point, & vous ne leur rendrez point le souverain culte ; car je suis le Seigneur votre Dieu. ℣. Si nous avons étendu nos mains vers un dieu étranger, Dieu n'en redemandera-t-il pas compte ?

Alleluia, alleluia. ℣. Vous adorerez le Seigneur votre Dieu, & vous ne servirez que lui seul. Alleluia.

℣. Non habébis deos aliénos coram me, non fácies tibi scúlptile, non adorábis ea, neque coles : Ego sum Dóminus Deus tuus. ℣. Si expándimus manus nostras ad deum aliénum, nonne Deus requíret ista ? *Ex. 20. Pf. 43.*

Allelúia, allelúia. ℣. Dóminum Deum tuum adorábis, & illi soli sérvies. Allelúia. *Math. 4.*

PROSE.

Fideles, frémissez d'horreur, en voyant jusqu'où se porte l'étrange aveuglement des hommes, qui rendent aux démons le culte d'adoration que vous rendez au vrai Dieu.

On proméne par les rues, sur un char pompeux, la statue de Cybelle, pour la faire adorer des citoyens, attirés par la magnificence du spectacle : on y court, & toute la ville s'y rassemble.

Symphorien, qui joignoit à la foiblesse de l'âge un courage héroïque, & à la noblesse du sang celle de la foi, est le seul qui regarde la déesse avec dédain.

On se saisit de lui, & on le mene lié au Gouverneur. Son Juge le voyant inflexible, ordonne qu'il soit déchiré à coups de fouet, & jetté dans un cachot.

«De par l'Empereur, lui dit-

CULTORES, ô Dei, Dei sacrária
(Horréte, pópuli,)
Tenent dæmónia ;
Infanda cæcitas !

PERVICOS cúrribus
Idólum véhitur
Colendum cívibus :
Ad pompam cúrritur ;
It tota cívitas.

UNUS & júvenis,
Vel viris fórtior
Génere nóbilis,
Fide nobílior,
Videt, ridet deam.

Trahunt ad Præsidem,
Revinctum fúnibus ;
Ridet & Júdicem ;
Cæsum verbéribus
Trudunt in fóveam.

REX jubet, aut cole

Sacráta númina,
Aut ftatim morére.
Veftra dæmónia
Calcábo pédibus.

　Aut date málleum,
Et dabo púlveri
Numen hoc lúteum :
Sic fuum, míferi,
Reddam dæmónibus.

　Evomunt rábiem ;
Parantur gládius,
Et tortor ; ad necem
Rápitur ótiùs
Athléta lætior.

　Lugent, heu ! púerum,
Quibus lucet fides :
Non mollit ánimum
Intrépidus miles ;
Vadit & prómptior.

　Cunctis ftupéntibus,
Jam mater ádvolat ;
Altis è mœnibus,
Palàm natum vocat,
Afflat martyrium.

　Cœlum considéra,
Mi nate ; tóllitur
Hæc vita mífera,
Sed mélior datur ;
Felix fupplícium.

　Magistram dócilis
Audit difcípulus ;
Prona dat fácilis,
Mori non trémulus,
Colla lictóribus.

　Vivit, ô ! fláccida
Caro tabo madet ;

» on : ou adorer les dieux de la patrie, ou être mis à mort » fur le champ- ═ Vos dieux, » répond-il, font des démons, » que je foulerai aux pieds.

　» Ou fi vous voulez me don- » ner un marteau, je vais met- » tre en poudre votre Cybelle, » qui n'eft que de la boue ». O hommes dignes de larmes ! voilà comme je rendrai aux démons l'hommage qu'ils mé- ritent.

　La fureur les tranfporte ; déjà le glaive, le bourreau, tout eft prêt, & on traîne à la mort le généreux athlete au comble de la joie.

　Ceux que la foi éclaire, ré- pandent des larmes fur la jeune victime. L'intrépide foldat ne fait pas s'attendrir ; il précipite fes pas, & vole au fupplice.

　Un nouveau fpectacle inter- dit tout le monde ; fa mere ac- court, & du haut des murailles elle l'appelle à haute voix, le preffe & l'anime au martyre.

　» Ah ! mon fils, regardez le » ciel, & fongez que pour cette » miférable vie que vous quit- » tez, vous en allez recevoir » une autre infiniment meil- » leure : à ce prix, le fupplice » eft bien doux ». Docile à la voix d'une fi gran- de maîtreffe, le difciple, loin de reculer aux approches de la mort, courbe volontiers la tête fous les coups des bourreaux.

　Le voilà vivant ! & tandis que fon corps flétri nage dans le fang, fon ame glorieufe eft déjà dans le ciel, où elle repose à l'ombre de ses lauriers, qui ne se flétriront jamais.

Grand Saint, qui nous protégez du haut du ciel, daignez écouter avec bonté les prieres de vos serviteurs : aimez vos enfans.

Etrangers que nous sommes ici-bas, & en proie à tant d'ennemis, vous qui êtes brillant de gloire parmi les élus de Dieu, appellez nous à vous, & nous conduisez dans la céleste patrie. Ainsi soit-il.

Mens cœlo spléndida
Lauris cincta sedet
Usque viréntibus.
O tu, qui sédibus
Celsis nos prótegis ;
Aures cliéntibus
Præbe pias tuis ;
Ames familiam.
Nos terris hóspites,
Prædam dracónibus,
Inter qui cœlites,
Fulges splendóribus,
Voces in pátriam.
Amen.

EVANGILE.

Suite du saint Evangile selon S. Luc.

EN ce tems-là, Jesus disoit à ses Disciples : Ils se saisiront de vous & vous persécuteront, vous entraînant dans les Synagogues & dans les prisons, & vous amenant par force devant les Rois & les Gouverneurs, à cause de mon nom : Et cela vous servira pour rendre témoignage à la vérité. Gravez donc cette pensée dans vos cœurs, de ne point préméditer ce que vous devez répondre, car je vous donnerai moi-même une bouche & une sagesse à laquelle tous vos ennemis ne pourront résister, & qu'ils ne pourront contredire. Vous serez haïs de tout le monde à cause de mon nom ; & cependant il ne se perdra pas un cheveu de votre tête. C'est par votre patience que vous posséderez vos ames.

Sequéntia sancti Evangélii secundùm Lucam. c. 21.

IN illo témpore, dicébat Jesus Discípulis suis : Injícient vobis manus suas, & persequentur, tradentes in Synagógas & custódias, trahentes ad Reges & Præsides, propter nomen meum : continget autem vobis in testimónium. Pónite ergo in córdibus vestris, non præmeditári quemádmodùm respondeátis. Ego enim dabo vobis os & sapiéntiam, cui non póterunt resístere & contradícere omnes adversárii vestri. Eritis ódio ómnibus propter nomen meum. Et capillus de cápite vestro non períbit.

In patiéntia vestra possidébitis ánimas vestras. Credo.

OFFERTOIRE.

Nonne qui edunt hóstias, partícipes funt altáris ? Quid ergo ? Dico quod idólis immolátum fit áliquid ? Sed quæ ímmolant gentes, dæmóniis ímmolant, & non Deo. 1. Cor. 10.

Ceux qui mangent de la victime immolée, ne prennent ils pas ainfi part à l'autel ? Eft-ce donc que je veuille dire que ce qui a été immolé aux idoles, ait quelque vertu, ou que l'idole foit quelque chofe ? Non. Mais je dis que ce que les payens immolent, ils l'immolent aux démons, & non pas à Dieu.

SECRETE.

Accedéntium ad divína myftéria fursùm érige corda Deus, ut ad martyrium properantis, & animáti athlétæ tui Symphoriáni exemplo, vitam hanc faftidiámus, qui te vívere, & regnáre memínimus in cœlis ; Per Dóminum noftrum.

Elevez vers le ciel, ô mon Dieu, le cœur de ceux qui s'approchent des divins myfteres, afin qu'à l'exemple de Symphorien, votre athlete, qui courut au martyre, animé par fa mere, nous n'ayons que du dégoût pour cette vie périffable, perfuadés comme lui que vous régnez dans les cieux ; Nous vous en fupplions par notre Seigneur J. C.

PRÉFACE.

Verè dignum & juftum eft æquum & falutáre, nos tibi femper & ubíque grátias ágere, Dómine fanéte, Pater omnípotens, æterne Deus, per Chriftum Dóminum noftrum : Qui per grátiam tuam Mártyrem tuum Symphoriánum, públicè ad infandum. Simulácrum exhorréfcere, folíque Chrifto ádorando, per fufum sánguinem voluifti teftimónium confecráre. Qui matre generosíffimâ adhortan-

IL eft véritablement jufte & raifonnable, il eft équitable & falutaire de vous rendre graces en tout tems & en tout lieu, Seigneur trèsfaint, Pere tout-puiffant, Dieu éternel, par Jefus-Chrift notre Seigneur : Vous, qui par votre grace avez infpiré à votre Martyr Symphorien, au milieu d'une ville payenne, une fainte horreur contre une infâme idole, l'avez fortifié, afin de rendre un témoignage pnblic à l'adorable divinité de votre Fils, par l'effufion de tout fon fang ; vous qui à la voix d'une mere généreufe, lui avez fait contempler la palme qui l'attendoit dans le ciel, & auffi-tôt courir avec joie au supplice ; vous qui nous donnez dans cet intrépide jeune homme, l'exemple d'une force admirable, l'étonnant spectacle de l'idolatrie publiquement méprisée, & un secours très-assuré de protection auprès de Dieu ; afin qu'ayant sous les yeux la grandeur de sa foi, son exemple nous excite à triompher & des caresses & des craintes de ce siecle, & qu'au bout de notre carriere, nous partagions avec lui cette couronne incorruptible de gloire qu'il possede. C'est pourquoi nous nous unissons aux Anges & aux Archanges, aux Trônes & aux Dominations, & à toute l'armée céleste, pour chanter un Cantique à votre gloire, en disant sans cesse : Saint, &c.

te, palmam in cœlo repósitam contemplári, simulque ad supplícium alácriter properáre fecisti. Qui nobis præbes in magnánimo júvene, miræ fortitúdinis miráculum, stupendum spretæ idolólátriæ spectáculum, certíssimumque apud Deum Patrocínii subsídium. Ut tantam habentes præ óculis fídei firmitátem, ad ejus exemplar, nec mundi blandítiis, nec séculi hujus vincámur erróribus, ut cum eo percipiámus incorruptíbilem glóriæ corónam. Et ídeò

cum Angelis & Archángelis, cum Thronis & Dominatiónibus, cumque omni militia cœlestis exércitûs, Hymnum glóriæ tuæ cánimus sine fine dicentes : Sanctus, &c.

COMMUNION.

Vous ne pouvez pas boire le calice du Seigneur & le calice des démons ; vous ne pouvez pas participer à la table du Seigneur & à la table des démons. Alleluia.

Non potestis cálicem Dómini bíbere, & cálicem dæmoniórum : non potestis mensæ Dómini partícipes esse, & mensæ dæmoniórum. Allelúia. 1. Cor. 10.

POSTCOMMUNION.

O Dieu, qui n'avez point ôté la vie à votre Martyr Symphorien, mais qui l'avez en ce jour changée en une meilleure, accordez-nous, par la vertu de ce sacrement plein de douceur. la grace d'être toujours prêts à donner cette vie passagere & périssable, pour en acquérir une éternelle : Par Jesus-Christ.

Deus, qui Mártyri tuo Symphoriáno, vitam hódie non tulisti, sed mutasti in mélius ; fac nos, suávis virtúte sacramenti, ad æternam vitam temporáli morte redimendam semper esse parátos ; Per Dóminum.

A SEXTE.

Ant. Ait írridens : Ne erres., Rex ; iste enim intrínsecùs lúteus est , & forínsecùs æreus est. *Dan.* 4.

Ant. Il répondit en souriant : O Roi ! ne vous y trompez pas ; ce Bel est de boue au-dedans , & d'airain au-dehors.

CAPITULE. *Act.* 17. V. 29.

CUm genus simus Dei , non debémus æstimáre , auro & argento , aut lápidi , sculptúræ artis , & cogitatiónis divínum esse símile. ℞. Deo grátias.

℞. *br.* Confundantur omnes * qui adórant sculptília, * Allelúia , allelúia. Confundantur. ℣. Et qui gloriantur * in simulácris. * Allelúia. Glória. Confundantur. *Deut.* 32.

℣. Cognoscant te , sicut & nos cognóvimus ,

℞. Quóniam non est Deus præter te , Dómine. *Eccli.* 36.

PUisque nous sommes les enfans & la race de Dieu, nous ne devons pas croire que la divinité soit semblable à de l'or, à de l'argent, ou à de la pierre, dont l'art & l'industrie des hommes ont fait des figures. ℞. Graces à Dieu.

℞. *br.* Que tous ceux qui adorent les idoles soient couverts de confusion. Alleluia, alleluia. Que tous ceux. ℣. Ainsi que ceux qui se glorifient dans leurs vains simulacres. Alleluia. Gloire. Que tous ceux.

℣. Qu'ils connoissent, comme nous l'avons connu,

℞. Qu'il n'y a point d'autre Dieu que vous, Seigneur.

La Collette de la Messe.

A NONE.

Ant. Irátus Rex ait : Moriétur , quia blasphemávit in Bel. Et dixit Regi : Fiat juxtà verbum tuum. *Dan.* 4.

Ant. Le Roi entrant en colere, dit : Il mourra, parce qu'il a blasphémé contre Bel. Il répondit au Roi : Qu'il me soit fait selon votre parole.

B 6

CAPITULE. *Is.* 42. 17.

CEux qui difent à des images de fonte : Vous êtes nos dieux , feront couverts de confufion.

℟. Graces à Dieu.

℣. *br.* Les idoles des nations ne font que de l'argent & de l'or. Alleluia, allel. Les idoles. ℣. Et les ouvrages des mains des hommes. Alleluia. Gloire. Les idoles.

℣. Je fais que le Seigneur eft grand ,

℟. Et notre Dieu au-deffus des autres dieux.

COnfundantur confufió-ne qui confídunt in fculptíli, qui dicunt conflatíli : Vos dii noftri.

℟. Deo grátias.

℟. Simulácra géntium * argentum & aurum. * Allelúia , allelúia. Simulácra. ℣. Opera * mánuum hóminum. * Allelúia. Glória. Simulácra. *Pf.* 113.

℣. Cognóvi quod magnus eft Dóminus ,

℟. Et Deus nofter præ ómnibus diis. *Pf.* 134.

Collecte de la Meffe.

AUX II. VÉPRES.

Pf. 109. Dixit Dóminus , *aux Vépres du Dimanche.*

1. *Ant.* UNe mere plus admirable que l'on ne peut dire , & digne de vivre éternellement dans la mémoire des bons , à caufe de l'efpérance qu'elle avoit en Dieu, l'exhortoit avec des paroles fortes, dans la langue du pays.

1. *Ant.* SUprà modum mater mirábilis , & bonórum memóriâ digna , propter fpem quam in Deum habébat, hortabátur voce pátriâ fórtiter. 2. *Mach.* 10.

Pf. 112. Laudáte , púeri , *aux Vépres du Dimanche.*

2. *Ant.* Remplie de fageffe, & alliant un courage mâle avec la tendreffe d'une femme, elle dit : Le Créateur du monde vous rendra l'efprit & la vie par fa miféricorde.

2. *Ant.* Repléta fapiéntiâ , & femíneæ cogitatióni mafculínum ánimum ínferens dixit : Mundi Creátor, fpíritum íterum, cum mifericórdiâ reddet & viam. 2. *Mach.* 21.

Pf. 120. Le*vá*vi *ó*culos , *le Lundi à Vêpres.*

3. *Ant.* Peto , nate , ut af-
pícias ad cœlum & terram ,
& ad ómnia quæ in eis funt.
2. *Mach.* 28.

3. *Ant.* Je vous conjure , mon
fils , de regarder le ciel & la
terre , & toutes les chofes qui
y font renfermées.

Pf. 119. Ad Dóminum cùm tribulárer , *le Mardi à
Vêpres.*

4. *Ant.* Intéllige quia ex
níhilo fecit illa Deus , &
hóminum genus ; ita fiet ,
ut non tímeas carníficem
iftum. 2. *Mach.* 28.

4. *Ant.* Comprenez que le
Seigneur les a créées de rien ,
auffi-bien que tous les hommes ;
ainfi , vous ne craindrez pas ce
cruel bourreau.

Pf. 128. Sæpè expugnavérunt , *le Vendredi à Vêpres.*

5. *Ant.* Ait adolefcens :
Quem fuftinétis ? Non obédio præcepto Regis , fed
præcepto legis quæ data eft
nobis. *Mach.* 30.

5. *Ant.* Le jeune homme lui
répondit : Qu'attendez-vous de
moi ? Je n'obéis point au commandement du Roi , mais au
précepte de la loi qui nous a été
donnée.

CAPITULE. *Prov.* 4.

EGo tenellus & unigé-
nitus coram matre mea :
docébat me atque dicébat :
Sufcípiat verba mea cor
tuum ; cuftódi præcepta
mea & vives.

℞. Deo grátias.

ETant fils d'une mere qui m'a
aimé tendrement , comme
fon fils unique , elle m'inftrui-
foit & me difoit : Que votre
cœur reçoive mes paroles ; gar-
dez mes préceptes , & vous vi-
vrez.

℞. Graces à Dieu.

HYMNE.

ECQUIS tartáreus vos fu-
ror íncitat
Cives , virgíneum fúndere
fánguinem ?
Cœci , quod cólitis numen
adúlterum.
    Quidni tórribus úritis ?

PEuple d'Autun , quelle fureur
infernale vous agite & vous
pouffe à répandre le fang fi pur
de votre Concitoyen ? Hommes
aveugles ! que ne condamnez-
vous plutôt aux flammes l'infâme idole que vous adorez ?

C'est parler à des sourds : vous les verriez tels que des loups carnaciers qui se jettent avec voracité sur leur proie, traîner en triomphe, parmi les acclamations de la multitude, cet agneau tendre, mais intrépide, pour qui la mort n'a rien de formidable.

Tandis qu'il va au supplice, sa mere, digne mere qui fait aimer son sang, se trouve à sa rencontre : hélas ! c'étoit deux victimes à la fois. La troupe impie applaudit, & s'imagine qu'elle vient sauver la vie à son fils ; mais cette femme, bien au dessus de leurs préjugés, trompera leur espérance.

Non, ce n'est point ici une femme qui combat avec les armes de la foiblesse, appanage de son sexe ; c'est l'héroïsme même qui fait entendre ces paroles : « Courage, mon fils ; » écoutez le ciel qui vous appelle, & volez à la vie par » la mort ».

A ces mots, les bourreaux pâlissent ; une main barbare tranche la tête du jeune Martyr, aussi doux agneau que héros intrépide : le culte sacrilége rendu à des démons érigés en dieux, tourne à la gloire du Dieu véritable.

Gloire souveraine au Pere, gloire souveraine au Fils, gloire souveraine à vous, ô Esprit-Saint ! qui donnez à vos athletes la force de vaincre la mort éternelle par une mort passagere. Ainsi soit-il.

At surdis cánimus : præda ferócibus

Occidenda lupis, corpus adhuc tener,

Pompális tráhitur pláusibus æmulis

    Agnus non tímidus mori.

En materna gerens víscera, Fílio

Occurrit génitrix, víctima víctimæ :

Sperant tota cohors ímpia cívium ;

    Fallet fémina fórtior.

Armis illa venit non muliébribus

Certans, magnánimis vócibus íntonat :

Cœlum, macte puer, te vocat, ádvola

    Vitam quærére per neces.

Pallent carnífices, impávidum caput

Mitis, dextra secat bárbara, Mártyris.

O turpe obséquium dæmónibus diis !

    Veri glória núminis.

Sit laus summa Patri, summáque Fílio ;

Sit par, sancte, tibi, laus quoque Spíritus

Duras milítibus, qui tríbuis tuis

    Mortes víncere mórtibus. Amen.

℣. Adolefcéntulus fum , & contemptus,

℟. Juftificatiónes tuas non fum oblítus. *Pf* 118.

℣. Je fuis jeune & un objet de mépris ,

℟. Mais je n'ai pas oublié la juftice de vos ordónnances.

A Magníficat.

Ant. Mundus óbiit , per ómnia in Dómino cónfidens , nec folùm juvénibus , fed & univerfæ genti mémóriam mortis fuæ, ad exemplum virtútis & fortitúdinis derelinquens. *Mach.* 7. 30.

Ant. Il mourut dans la pureté de fon innocence , avec une parfaite confiance en Dieu, en laiffant , non-feulement aux jeunes gens, mais encore à toute fa nation , un grand exemple de vertu & de fermeté dans le fouvenir de fa mort.

La Collecte de la Meffe.

S'il eft Samedi ou Dimanche , on en fait Mémoire.

A COMPLIES.

Ant. Confummátus in brevi explévit témpora multa , plácita enìm erat ánima illíus. *Sap.* 4.

Ant. Ayant peu vécu, il a rempli la courfe d'une longue vie ; car fon ame étoit agréable à Dieu.

H Y M N E d'hier.

A Nunc dimittis.

Ant. Pofuifti , Dómine , in cápite ejus corónam de lápide pretióſo. *Pf.* 20.

Ant. Vous avez mis fur fa tête, Seigneur, une couronne de pierres précieufes.

AU SALUT.

℟. Máter inclináta ad illum , ait pátriâ vóce : Fili mi, miferére meí, quæ te in útero novem ménfibus portávi , & in ætátem iftam perduxi : * Peto, nate, ut

℟. Sa mere s'étant baiffée pour lui parler , lui dit en la langue du pays : Mon fils , ayez pitié de moi , qui vous ai porté neuf mois dans mon fein , qui vous ai nourri de mon lait pendant trois ans , & qui vous ai élevé jusques à l'âge où vous êtes : * je vous conjure, mon fils, de regarder le ciel & la terre, & toutes les choses qui y sont renfermées. ℣. Dieu nous donnera dans le ciel une autre demeure, une demeure qui ne sera point faite de main d'homme, & qui durera éternellement. * Je vous. Gloire. * Je vous.

aspícias ad cœlum, ad terram, & ad ómnia quæ in eis sunt. ℣. Ædificatiónem ex Deo habémus, domum non manu factam, ætérnam in cœlis. *Peto. Glória. * Peto. 2. *Mach.* 7. 2 *Cor.* 5.

La P R O S E de la Messe.

℣. Le salut que vous lui avez procuré, est accompagné d'une grande gloire ;

℟. Vous lui donnerez une joie pleine & parfaite, en lui montrant votre visage.

℣. Magna est glória ejus in salutári tuo ;

℟. Lætificábis eum in gáudio cum vultu tuo. *Ps.* 20.

O R A I S O N de la Procession.

Le reste comme au Salut des premiers Dimanches du mois. Si à la fin on fait la Procession autour de l'Eglise, on y chante gravement les deux Hymnes des premieres Vépres & de Matines, sous une seule Doxologie : au retour se donne la Bénédiction.

O C T A V E.

Le premier jour vacant dans l'Octave, à Matines, on dit pour la seconde & troisieme Leçons les deux suivantes.

L E Ç O N ij.

Sermo sancti Cypriáni Epíscopi & Mártyris. *Ep.* 56.

Gaudére nos in persecutiónibus vóluit Dóminus ; quia tunc dantur corónæ fídei, tunc probantur mílites Dei, tunc Martyribus patent cœli. Neque enim sic nomen milítiæ

dédimus, ut pacem tantùmmodo cogitáre, & recusáre milítiam debeámus, quando in ipsa milítia primus ambuláverit Dóminus, humilitátis & tolerántiæ & passiónis magister ; ut quod fieri dócuit, prior fáceret, & quod pati hortátur, prior pro nobis ipse paterétur. Sit ante óculos, fratres dileċtíſſimi , quod qui omne judícium à patre folus accépit , & qui ven- túrus eſt & judicatúrus , jam judícii ſui & cognitiónis fu- túræ fenténtiam protúlerit , prænúntians & conteſtans confeſſúrum fe coram pa- tre fuo confitentes , & ne- gatúrum negantes.

LEÇON iij.

ARmémur víribus totis, & parémur ad agónem mente incorruptâ , fide ín- tegrâ , virtúte devótâ : ar- mat nos Apóſtolus, dicens : Indúite arma Dei , ut poſ- ſitis reſiſtere in die nequíſ- fimo. Induámus lorícam ju- ſtítiæ , ut contrà inimíci já- cula munítum ſit peċtus & tutum. Calceáti ſint evan- gélico magiſtério , & ar- máti pedes ; ut cum fer-

pens calcári à nobis cœ- perit , mordére & ſupplan- táre non poſſit. Portémus fcutum fídei , quo prote- gente , quidquid jaculátur inimícus poſſit extingui. Ac- cipiámus ad tegumentum cápitis gáleam falutárem , ut muniántur aures , ne áu- diant ediċta ferália. Munian- tur óculi , ne vídeant deteſ- tanda fimulácra : muniátur frons , ut fignum Dei incó- lume fervétur : muniátur os , ut Dóminum fuum Chriſtum viċtrix lingua fa- teátur. Armémus & dex- tram gládio fpiritáli , ut fa- crifícia funeſta fórtiter réf- puat , & Euchariſtiæ me- mor , quæ Dómini corpus accépit , ipſum compleċtá- tur , póſteà à Dómino fump- túra præmium cœléſtium coronárum.

LE DIMANCHE DANS L'OCTAVE.

Au I. Noċturne , les Leçons de l'Ecriture.

AU II. NOCTURNE.

LEÇON iv.

Sermo fanċti Joannis Chry- fóſtomi.

VOciferátus eſt iſte Martyr cum Paulo dicente : Deo autem grátias qui triumphat nos in Chriſto. Quantò afflictió-

nem témporis , diuturnitáte producébat tyrannus , tantò patiéntiam ejus probatiórem reddébat. Nam & aurum quo diútius cum ignis natú- ra verſátur , púrius evádit : quemádmodùm & tum fanċti ánima témpore examináta., magis refulgébat ; nec áliud quiddam quam trophǽum advérfus feipfum & advérfus diábolum Mártyrem circumferébat, crudelitátis Gentílium argumentum , Chriftianórum pietátis judícium , virtútis Chrifti fignum máximum , incitamentum & consílium Chrifti fidélibus, ut prompto & álacri ánimo in iifdem certamínibus perféverent , divínæ glóriæ præcónem , tálium certáminum difciplínæ magiftrum. Cunctos enim ad imitatiónem fuî, non voce tantùm fuádens, fed factis ipfis , tuba clariórem mittens vocem cohortabátur.

L e ç o n v.

SAnctus ítaque Martyr in médium producebátur : acerba úndique fupplícia circumftabant, metus futurórum , labor præféntium , dolor ingruéntium , eórum quæ expectabantur formído. Tanquam enim béllux quædam immánes , carnífices corpus ejus circum fedentes látera effodiébant, carnem deradébant, offa denudábant, vífcera ipfa interióra pervadébant. Attamen cum cuncta perveftigárent , thefaurum fidei deprædári mínimè va-

luérunt. Enimverò in regum æráriis ubi aurum aliǽque copiófæ funt opes recónditæ, fi pariétes folùm perfóderis, fi fores referáveris, contínuo thefaurum objectum vides : at hìc in fancto ifto , Chriftum.que continenti templo, contrárium accidébat. Perfodiébant muros carnífices, pectoráque dirumpébant , & recónditas opes, nec cérncre , nec rápere póterant.

L e ç o n vj.

CUm corpus Mártyris undequáque fcrutarentur , thefaurum tamen deprehéndere , fideíque divítias exhauríre non valébant. Tália funt ánimæ Sanctórum rectè facta , quæ nec, auferri nec vinci poffunt ,. in ánimæ fortitúdine tanquam in áfylo quodam & facrofancto loco recóndita, ut nec óculi tyrannórum ea cernant , nec manus carníficum rápere poffit. Sed licet ipfum cor effódiant, cui præcípuè crédita eft ánimæ fortitúdo : licet in minúta fruftra cóncidant ,. ne fic quidem opes exháuriunt ; fed eas amplióres étiam reddunt. Hujus rei caufa Deus eft, qui ánimas tales inhábitat. Qui verò Deo bellum infert , fíeri

nequit unquam ut victor ludíbriis hábitus , túrpiter-
evádat ; fed neceffe eft ut que fuperátus abfcédat.

Au III. Nocturne.

Leçon vij.

Léctio fancti Evangélii fecundùm Matthæum.

IN illo témpore , dixit
Jefus Difcipulis fuis :
Non eft Difcipulus fuper
magiftrum , nec fervus fuper Dóminum fuum. Et ré-
liqua.

Homília fancti Auguftíni
Epífcopi. *Serm.* 5.

ADmonent nos eló-
quia diviná quæ lecta
funt , timendo non
timére , & timendo timére.
Mártyres fancti propter
quorum folemnitátem hoc
ex Evangélio recitátum eft,
timendo non timuérunt ,
quia Deum timendo , hó-
mines contempférunt. Quid
enim eft unde álterum tér-
reat homo hóminem ? Di-
cat ergò fortíffimus Martyr,
ftans homo ante hóminem :
non tímeo, quia tímeo. Tu
quod mináris , fi Deus no-
lit , non facis : quod autem
ille minátur , ut fáciat à
nullo impéditur. Deinde tu
quod mináris , fi Deus no-
lit , non facis. Deinde quod
tu mináris , etfi permittéris,
quid facis ? Ufque ad car-

nem fævis ; ánima tuta eft ,
non occídes quod non vi-
des ; visíbilis visíbilem ter-
res : habémus ambo visíbilem creatórem , quem fi-
mul timére debeámus ; qui
hóminem ipfum ex visíbili
& invisíbili creávit ; visíbilem de terra fecit , invisí-
bilem flatu fuo animávit.

Leçon viij.

SUbftántia ergo invisíbi-
lis, hoc eft, ánima quæ
jacentem terram erexit de
terra, non timet, cum pér-
cutis terram. Potes feríre
habitáculum ; numquid ha-
bitatórem ? Fugit percuffo
vínculo colligátus , & erit
in occulto coronátus. Quid
ergo mináris , qui ánimæ
nihil fácere potes ? Per méritum ejus cui fácere nihil
potes, refurget cui fácere
áliquid potes. Per méritum
enim ánimæ refurget &
caro ; & habitatóri red-
détur , jam non ruitúra,
fed manfúra. Ecce ; verba
Mártyris dico : nec propter
ipfam carnem meam tímeo
comminantem. Caro enim
fúbjacet poteftáti ; fed é-
tiam capilli cápitis nume-
ráti funt Creatóri. Quid

tímeo , ne carnem perdam , qui néc capillum perdo ? Quómodo non attendit carnem meam , cui sic nota sunt vília mea ? Ipsum corpus quòd pércuti & occídi potest , ad tempus cinis erit , in æternum immortále erit.

Sed cui hoc ? Cui reddétur corpus ad vitam æternam étiam occísum , peremptum , dissipátum ? Cui reddétur ? Ei qui non tímuit pónere ánimam suam , cum non timet ne occidátur caro sua.

Pour neuvieme Leçon , on dit l'Homélie sur l'Evangile du Dimanche.

JOUR DE L'OCTAVE.

Comme au jour de la Féte , excepté ce qui suit.
Au I. Nocturne , Leçons de la Férie.

AU II. NOCTURNE.

Leçon iv.

Sermo sancti Augustíni Epíscopi. *Serm.* 233.

FOrtitúdinem sanctórum Mártyrum sic in eórum passióne mirémur , ut grátiam Dómini prædicémus. Neque enim & illi in seipsis laudári voluérunt , sed iu illo cui dícitur : in Dómino laudábitur ánima mea. Hoc qui intélligunt , non supérbiunt. Cum tremóre petunt, cum gáudio accípiunt. Persevérant , jam non amittunt. Quia enim non supérbiunt , mites sunt. Et ídeò

cum dixisset , in Dómino laudábitur ánima mea , áddidit , áudiant mansuéti , & jucundentur. Quid caro infirma , quid vermis & putrédo esset , nisi quod cantávimus verum esset : Deo subjiciétur ánima mea , quóniam ab ipso est patiéntia mea ? Etenim , ut mala ómnia pro fide Mártyres tolerárent , virtus eórum patiéntia nominátur.

Leçon v.

MUlti patiuntur tribulatiónes ; parem habent pœnam , sed parem non habent causam. Multa mala patiuntur adúlteri, multa mala patiuntur maléfici, multa mala patiuntur latrónes & homicídæ, multa mala patiuntur sceleráti omnes. Multa mala & ego inquit Martyr, pátior; sed discerne caufam meam de gente non sancta latrónum, homicidárum, sceleratórum ómnium. Pati tália, quália ego, possunt; habére talem caufam non possunt. Ego in fornáce purgor, illi cinerescunt. Non facit Mártyrem pœna, sed caufa. Omnes qui vívimus in hoc féculo, laborémus ut bonam caufam habeámus; ut si quid nobis accíderit in hoc féculo, cum bona caufa exeámus.

Leçon vj.

NEmo persecutiónis metu sic terreátur, ut non Evangélicis exhortatiónibus & præceptis, ac mónitis cœléstibus, ad ómnia ad inveniátur armátus. Iráscitur adversárius & minátur, sed est qui possit de ejus mánibus liberáre. Ille metuendus est, cujus iram nemo potest evádere, ipso præmonente & dicente; Ne timuéritis eos qui occídunt corpus, ánimam autem non possunt occídere; magis autem metúite eum qui potest & corpus & ánimam occídere in gehennam. Et íterum: qui amat ánimam fuam, perdet illam; & qui odit ánimam fuam in hoc féculo, in vitam æternam confervábit illam. Ecce agon fublímis & magnus, & corónæ cœleftis præmio gloriófus. Præliantes nos spectat Deus, spectant Angeli ejus, spectat & Chriftus. Quanta est glóriæ dígnitas, quanta felícitas, præfente Deo cóngredi, & Chrifto júdice coronári.

AU III. NOCTURNE.

Leçon vij.

Léctio fancti Evangélii fecundùm Lucam.

IN illo témpore, dicébat Jefus Difcípulis fuis: Injícient vobis manus fuas & perfequentur tradentes in Synagógas & cuftódias trahentes Reges, & Præfides propter nomen meum. Et réliqua.

Homília fancti Auguftini Epífcopi.

Serm. 131. in nat. Mart.

ILla Evangélica tuba, quando ait Dóminus, qui amat ánimam fuam, perdet illam; & qui perdíderit illam propter me, invéniet eam, accensi sunt Mártyres, & vicérunt; quia non de se, sed de Dómino præsumpsérunt. Duóbus modis intélligi potest, quod dictum est, qui amat ánimam suam, perdet illam, si amas illam perdis eam. Et álio modo, noli amáre ne perdas. Prior modus istum habet sensum: si amas perdo illam: hic sémina illam, agrícola si non tríticum pérdidit in sémine, non amat in messe. Alius modus sic habet: noli amáre illam, ne perdas illam: videntur sibi amáre ánimas suas, qui timent mori. Animas suas Mártyres si sic amassent, procul dúbio perdidissent. Quid enim prodesset tenére ánimam in hac vita, & pérdere in futúra.

LEÇON viij.

SEd quia Christum non negavérunt, transiérunt de hoc mundo ad patrem. Quæsiérunt Christum, confitendo timuérunt; moriendo magno lucro perdidérunt ánimas suas fœnum perdentes, corónam promerentes, & vitam sine fine tenentes. Fit dénique, immò factum est in eis, quod Dóminus subsequenter adjunxit: & qui perdíderit ánimam suam propter me, invéniet eam. Qui perdíderit, inquit, propter me; tota causa ibi est, non quomodocumque, non quâlibet causâ, sed propter me. Illi enim in prophétia, jam dixérunt Mártyres: Propter te mortificámur totâ die. Proptéreà Mártyrem non facit pœna, sed causa.

La neuvieme Leçon de S. Merry; ou s'il est Dimanche, l'Homélie sur l'Evangile du Dimanche.

L'office entier de la Décollation de S. Jean-Baptiste est remis au jour libre le plus prochain.

MÉMOIRE PENDANT L'ANNÉE.

À LAUDES.

Ant. Incitabátur spíritus ejus in ipso, videns idololátriæ déditam civitátem.

℣. Omnes dii géntium dæmónia,

℟. Dóminus autem coelos fecit.

COLLECTE.

DEus, qui ad manifestanda poténtiæ tuæ mirácula, Mártyrem tuum Symphoriánum, étiam in ténera ætáte, contrà cultum dæmoniórum divínitus inflammári, solíque Christo fórtiter adhærére voluísti; tríbue nobis, quæ-sumus, ut in eo magnália prædicantes, & exemplis ejus accendi, & præmiis ejus sociári mereámur; Per eumdem Dóminum,

À VÊPRES.

Ant. Consummátus in brevi, explévit témpora multa; plácita enim erat Deo ánima illíus; propter hoc properávit edúcere illum de médio iniquitátum.

℣. Posuísti in cápite ejus corónam,

℟. De lápide pretióso.

La Collecte, Deus, qui ad manifestanda, *ci-dessus.*

ANTONIUS - ELEONORIUS - LEO LE CLERC DE JUIGNÉ, Miseratione Divinâ, & Sanctæ Sedis Apostolicæ gratiâ, Parisiensis Archiepiscopus, Dux Sancti Clodoaldi, Par Franciæ, &c. Visis præsentibus *Officio & Missâ in honorem S. Symphoriani, Martyris, ad usum Ecclesiæ de Monasteriolo ad Versalias nostræ Diœcesis;* ut typis mandari ac in prædicta Parochia publicè recitari & decantari possint licentiam concedimus per Præsentes. Datum Parisiis, anno Domini millesimo septingentesimo octogesimo septimo, die verò mensis Januarii duodecimâ.

✠ ANT. EL. Archevêque de Paris.

De mandato Illustrissimi & Reverendissimi DD. Parisiensis Archiepiscopi.

LE COURT.

ORDRE

ORDRE
DES SALUTS

Qui se chantent pendant le cours de l'année en l'Eglise Royale & Paroissiale de Saint Symphorien de Versailles.

LE I. DIMANCHE DE JANVIER.

S'il n'est pas le jour de la Circoncision, la veille ou le jour de l'Epiphanie.

O salutáris hóstia, &c.

℟. Memóriam fecit mirabílium suórum miséricors & miserátor Dóminus : * Escam dedit timéntibus se : † Memor erit in séculum testamenti sui. ℣. Jesus cùm dilexisset suos, qui erant in mundo, in finem dilexit eos. * Escam dedit. Glória Patri. † Memor erit in séculum.

℣. Le Seigneur, qui est plein de miséricorde & de tendresse, a éternisé la mémoire de ses merveilles : * Il a donné la nourriture à ceux qui le craignent. † Il se souviendra à jamais de son alliance. ℣. Comme Jesus avoit aimé les siens qui étoient dans le monde, il les a aimé jusques à la fin. * Il a donné la nourriture Gloire au Pere. † Il se souviendra à jamais de son alliance.

HYMNE.

PANGE, lingua, gloriósi
Córporis mystérium,
Sanguinísque pretiósi
Quem in mundi prétium,
Fructus ventris generósi,
Rex effudit géntium.

  Nobis datus, nobis natus
Ex intacta Vírgine,

Et in mundo conversátus,
Sparso verbi sémine,
Sui moras incolátûs
Miro clausit órdine.

  In suprémæ nocte cœnæ
Recumbens cum frátribus,
Observátâ lege plenè

C

Cibis in legálibus,
Cibum turbæ duodénæ
Se dat suis mánibus.

    VERBUM caro panem ve-
       rum
Verbo carnem éfficit ;
Fitque sanguis Christi me-
    rum :
Et si sensus déficit ;
Ad firmandum cor sincé-
    rum
Sola fides súfficit.

    TANTUM ergo Sacra-
    méntum

℣. Celui-ci est mon Dieu ,
℟. Et je le glorifierai.

Venerémur cérnui ;
Et antiquum documentum
Novo cedat rítui ;
Præstet fides supplementum
Sénsuum deféctui.

    GENITORI , Genitóque
Laus & jubilátio :
Salus , honor , virtus quo-
    que
Sit & benedíctio :
Procedenti ab utróque
Compar sit laudátio.

       Amen.

℣. Iste Deus meus,
℟. Et glorificábo eum.

CANTIQUE.

LA sagesse s'est bâti une mai-son ; * elle a taillé sept colonnes.

Elle a immolé ses victimes ; * elle a préparé le vin & disposé sa table.

Elle a envoyé ses servantes pour appeller les conviés , * & à la forteresse & aux murailles de la ville.

Quiconque est simple , qu'il vienne à moi; * & elle a dit aux insensés :

Venez , mangez le pain que je vous donne , * & buvez le vin que je vous ai préparé.

Quittez l'enfance , & vivez avec sagesse , * & marchez par les voies de la prudence.

La crainte du Seigneur est le principe de la sagesse , * & la science des Saints est la pru-dence.

SApiéntia ædificávit sibi domum , * excidit co-lumnas septem.

Immolávit víctimas su-as ; * míscuit vinum & pro-pósuit mensam suam.

Misit ancillas suas ut vo-cárent ad arcem , * & ad mœnia civitátis.

Si quis est párvulus , vé-niat ad me ; * & insipién-tibus locúta est :

Veníte , comédite panem meum , * & bíbite vinum quod míscui vobis.

Relínquite infántiam & vívite , * & ambuláte per vias prudéntiæ.

Princípium sapiéntiæ ti-mor Dómini , * & sciéntia Sanctórum prudéntia.

Per me enim multiplicabuntur dies tui, * & addentur tibi anni vitæ.

Glória Patri.

Ant. Ego dispóno vobis, sicut dispósuit mihi Pater meus regnum ; ut edátis & bibátis super mensam meam in regno meo. Allelúia.

C'est moi qui augmenterai le nombre de vos jours, * & qui ajouterai de nouvelles années à votre vie.

Gloire au Pere.

Ant. Je vous prépare le royaume comme mon Pere me l'a préparé, afin que vous mangiez & que vous buviez à ma table dans mon royaume. Alleluia.

O R E M U S.

TRíbue nobis, Dómine Deus, ut qui Jesum Christum pro nobis natum de Vírgine, & in Cruce passum, sub Sacramento præsentem esse crédimus & confitémur, ex hoc divino fonte hauriámus sincéræ devotiónis affectum ; Per eumdem Christum Dóminum nostrum.

℞. Amen.

FAites, ô Seigneur notre Dieu, qu'en croyant & en confessant que Jesus-Christ, qui a pris naissance pour nous dans le sein d'une Vierge, & a souffert sur la Croix pour nos péchés, est véritablement présent dans le Sacrement de l'Eucharistie, nous puisions dans cette divine source les mouvemens d'une sincere dévotion ; Par le même Jesus-Christ notre Seigneur.

℞. Amen.

Alma Redemptóris, *le* ℣. & *l'Oraison.*

Dómine salvum, *le* ℣. & *l'Oraison.*

A la Procession, on chante l'Hymne suivante.

H Y M N E.

ADORO te supplex, latens Déitas,
Quæ sub his figúris verè látitas ;
Tibi se cor meum totum súbjicit ;
Quia te contemplans totum déficit.
Visus, tactus, gustus in te fállitur ;

Sed audítu solo tutò créditur :
Credo quidquid dixit Dei Fílius ;
Nihil hoc veritátis verbo vérius.
In Cruce latébat sola Déitas ;
At hîc latet simul & humánitas :

C 2

Ambo tamen credens atque cónfitens,

Peto quod petívit latro pœnitens.

PLAGAS, ſicut Thomas, non intúeor;

Deum tamen meum te confíteor :

Fac me tibi ſemper magis crédere,

In te ſpem habére, te dilígere.

O memoriále mortis Dómini !

Panis vivus, vitam præſtans hómini,

Præſta meæ menti de te vívere ;

Et te illi ſemper dulce ſápere.

O fons puritátis, Jeſu Dómine,

Me immundum munda tuo ſánguine,

Cujus una ſtilla ſalvum fácere

Totum quit ab omni mundum ſcélere.

JESU, quem velátum nunc aſpício,

Oro fiat illud quod tam ſítio ;

Ut te revelátâ cernens fácie,

Viſu ſim beátus tuæ glóriæ. Amen.

Au retour de la Proceſſion, Adjutórium, *& la Bénédiction du S. Sacrement ; enſuite le Pſ.* Laudáte Dóminum omnes gentes, *ſuivi de l'Angelus,* &c.

LE I. DIMANCHE DE FÉVRIER.

A moins qu'il ne tombe le jour de la Purification, on fera le ſalut ſuivant.

O ſalutáris Hóſtia, &c.

℣. Nous ne ſommes tous enſemble qu'un ſeul pain, * Parce que nous participons tous à un même pain & à un même calice. ℣. Votre bonté, ô mon Dieu, a préparé pour le pauvre une nourriture délicieuſe dans votre maiſon, où vous aſſemblez les fideles dans l'union d'un même cœur. * Parce que, Gloire. * Parce que.

℞. Unus panis & unum corpus ſumus, * Omnes qui de uno pane & de unó cálice participámus. ℣. Paraſti in dulcédine tua páuperi, Deus qui habitáre facis unánimes in dómo. * Omnes. Glória. * Omnes.

HYMNE.

SAcris folémniis juncta
  sint gáudia,
Et ex præcórdiis sonent præ-
  cónia :
Recédant vétera, nova sint
  ómnia,
    Corda, voces & ópera.
NOCTIS recólitur Cœna
  novíssima,
Quâ Christus créditur A-
  gnum & ázyma
Dedisse frátribus, juxta le-
  gítima
    Priscis indulta pátribus.
POST Agnum typicum,
  explétis épulis,
Corpus Domínicum datum
  Discípulis,
Sic totum ómnibus, quod
  totum síngulis,
    Ejus fatémur mánibus.
DEDIT fragílibus, Córpo-
  ris férculum :
Dedit & trístibus Sánguinis
  póculum ;
Dicens : Accípite quod tra-
  do vásculum ;

℣. Vota Dómino red-
dam in conspectu omnis pópuli ejus,

℞. In átriis domûs Dó-
mini, in médio tuî Jerúsalem.

Omnes ex eo bíbite.
SIC sacrificium istud insti-
  tuit,
Cujus officium committi
  vóluit
Solis Presbyteris, quibus sic
  cóngruit,
    Ut sumant, & dent
    céteris.
PANIS Angélicus fit panis
  hóminum :
Dat panis cœlicus figúris
  términum.
O res mirábilis ! mandúcat
  Dóminum
    Pauper, servus, & hú-
    milis.
TE, trina Déitas unáque,
  póscimus,
Sic nos tu vísitas sicut te
  cólimus :
Per tuas sémitas duc nos
  quò téndimus,
    Ad lucem quam inhábi-
    tas.

Amen.

℣. Je m'acquitterai du tribut
de louange que je dois au Seigneur, en présence de tout son
peuple,

℞. Dans les parvis de la mai-
son du Seigneur, au milieu de
toi, ô Jérusalem !

CANTIQUE, Sapiéntia, *ci-dessus*, p. 50.

Ant. Ecce Deus Salvátor
meus : confitémini illi, &

Ant. Voici mon Dieu & mon
Sauveur : chantez ses louanges,

C 3

& invoquez son nom : habitans de Sion, tressaillez de joie, & bénissez-le, parce que le grand & le salut d'Israël est au milieu de vous.

invocáte nomen ejus : exultá & lauda, habitátio Sion ; quia magnus in médio tui sanctus Israël.

O R E M U S.

ETant pénétrés d'une sainte joie en votre présence, Seigneur, & en vous adorant dans cet auguste Sacrement, ô Dieu notre Sauveur, nous vous supplions qu'après nous avoir donné votre Corps & votre Sang, vous daigniez nous accorder le salut éternel, par la vertu de cette divine nourriture ; Vous qui étant Dieu, vivez & régnez. Ainsi soit-il.

EXultantes in conspéctu tuo, Dómine, & te Salvatórem nostrum in hoc Sacramento adorantes ; quæsumus, ut quibus Corpus & Sánguinem tuum in alimóniam tribuísti, per eádem mystéria salútem impertíri dignéris ; Qui vivis & regnas Deus. R⁄. Amen.

*Au lieu d'*Alma*, après la* Purification *on chante* Ave, Regina ; *le reste comme au premier* Dimanche de Janvier.

LE I. DIMANCHE DE MARS.

O. salutáris Hóstia.

R⁄. Un homme fit un grand souper ; & à l'heure du souper, il envoya son serviteur dire aux conviés de venir, * Parce que tout étoit prêt. ℣. Venez, mangez le pain que je vous donne, & buvez le vin que je vous ai préparé, * Parce que. Gloire. * Parce que.

R⁄. Homo quidam fecit cœnam magnam, & misit servum suum horâ cœnæ, dícere invitátis ut venírent, * Quia paráta sunt ómnia. ℣. Veníte, comédite panem meum, & bibite vinum quod míscui vobis. * Quia. Glória. * Quia.

H Y M N E.

VErbum supernum pródiens,
Nec Patris linquens déxteram,
Ad opus suum éxiens
Venit ad vitæ vésperam.

In mortem à discípulo
Suis tradendus æmulis ;
Priùs in vitæ férculo,
Se trádidit discípulis.

Quibus sub bina spécie
Carnem dedit & sánguinem,

Ut dúplicis fubftántiæ
Totum cibáret hóminem.

SE nafcens dedit fócium,
Convefcens in ædúlium ;
Se móriens in prétium,
Se regnans dat in præmium.

O falutáris Hóftia,

℣. Afferte Dómino glóriam nómini ejus ;

℟. Adoráte Dóminum in átrio fanctó ejus.

Ant. Dignus eft.

Quæ cœli pandis óftium ;
Bella premunt hoftília,
Da robur fer auxílium.

QUI carne nos pafcis tuâ,
Sit laus tibi, Paftor bone,
Cum Patre, cumque Spíritu.
In fempiterna fécula. Amen.

℣. Rendez au Seigneur la gloire qui lui eft dûe ;

℟. Adorez le Seigneur dans fon faint Temple.

CANTIQUE, Sapiéntia, *ci-deffus.*

Ant. Dignus eft. Agnus qui occífus eft, accípere virtútem & divinitátem, & fapiéntiam, & fortitúdinem, & honórem, & glóriam, & benedictiónem.

Ant. L'Agneau qui a été mis à mort, eft digne de recevoir la puiffance, la divinité, la fageffe, la force, l'honneur, la gloire & la bénédiction.

OREMUS.

DA nobis, quæfumus, omnípotens Deus, Agnum qui pro nobis occífus eft, in Sacramento latentem, dignis láudibus celebráre ; ut eumdem in glóriâ manifeftum contemplári mereámur ; Qui tecum vivit.

DOnnez-nous la grace, Dieu tout-puiffant, de louer dignement l'Agneau mis à mort pour nous, cet Agneau caché dans le Sacrement de l'Autel, afin que nous méritions de le contempler à découvert dans la gloire du Ciel ; Lui qui étant Dieu, vit & régne avec vous.

Si l'on eft en Carême, on ajoute la Priere fuivante, laquelle, pendant ce faint temps, tous les autres Dimanches & Fétes, fe chante à la fin des Complies.

ATtende, Dómine, & miferére, quia peccávimus tibi.

Recordáre, Dómine, quid accíderit nobis ; pec-

JEttez fur nous, Seigneur, un regard de miféricorde : ayez pitié de nous, parce que nous avons péché.

Souvenez-vous, Seigneur, de ce qui nous eft arrivé ; nous

C 4

avons péché avec nos peres; nous avons commis l'iniquité : nos péchés furpaffent, par leur nombre, les cheveux de notre tête. Jettez fur nous.

Le fouvenir de nos miferes nous remplit de triftesse; nous fommes faifis de trouble & de frayeur à la voix menaçante de notre ennemi, & des malheurs prêts à fondre fur les pécheurs : notre perte eft inévitable; nous y touchons, & perfonne ne fe preffe de nous fecourir : la crainte de la mort eft peinte fur nos vifages. Jettez fur nous.

Ne rejettez pas, Seigneur, un cœur contrit & humilié; exaucez nos gémiffemens & nos larmes; voyez nos jeûnes; écoutez la voix des aumônes que nous verfons dans le fein des miférables, & qui vous prient pour nous. Nous nous convertiffons à vous, parce que vous êtes difpofé à nous accorder le pardon. Jettez fur nous.

Ecoutez, mon peuple, dit le Seigneur; maifon d'Ifraël, vous que j'avois choifie pour être ma vigne chérie, venez à moi & écoutez-moi : Je vous ai plantée moi-même; comment êtesvous devenue pour moi un objet d'amertume & de dégoût? J'attendois de vous des œuvres de juftice, & ce n'eft que péchés; des fruits de piété, & je n'entends que les hurlemens des pécheurs. Jettez fur nous.

Revenez, mon peuple, revenez au Seigneur votre Dieu; je fuis plein de bonté pour vous tirer de l'efclavage où vous vous êtes précipité : je vous rachete-

cávimus cum pátribus noftris, injuftè égimus, multiplicátæ funt fuper capillos cápitis iniquitátes noftræ. Attende, Dómine.

Contriftáti fumus in exercitatióne noftrâ, & conturbáti fumus à voce inimíci, & à tribulatióne peccatórum : in próximo eft perditio noftra, & non eft qui ádjuvet : formído mortis cécidit fuper nos. Attende, Dómine.

Cor contrítum & humiliátum ne defpícias, Dómine : in jejúnio & fletu te deprecámur nos: eleemófynam conclúdimus in finu páuperum, & ipfa exorábit te pro nobis, convértimur ad te, quóniam multus es ad ignofcendum. Attende, Dómine.

Audi, pópulus meus, & confidera, vínea mea electa, domus Ifraël : ego te plantávi, quómodò facta es in amaritúdinem? Expectávi ut fáceres judícium, & ecce iníquitas; & juftitiam & ecce clamor. Attende, Dómine.

Revértere, revértere ad Dóminum Deum tuum, & áuferam jugum captivitátis tuæ, rédimam te : lavábo iniquitátes tuas in fánguine meo ; & ero victória tua, & Redemptor tuus. Attende, Dómine.

℣. Oftende nobis, Dómine, mifericórdiam tuam ;

℟. Et falutáre tuum da nobis.

rai, je laverai vos iniquités dans mon fang ; je ferai votre victime & votre Sauveur. Jettez fur nous.

℣. Faites - nous, Seigneur, fentir les effets de votre miféricorde ;

℟. Sauvez-nous, Seigneur, par votre protection puiffante.

O R E M U S.

DEus, qui non mortem, fed pœniténtiam defideras peccatórum : pópulum tuum, ad te reverténtem propitius réfpice, & iracúndiæ tuæ flagella ab eo cleménter averte ; Per Chriftum.

O Dieu, qui ne defirez pas la mort, mais la converfion des pécheurs, regardez avec bonté votre peuple qui retourne à vous, & détournez de deffus lui, dans votre miféricorde, les fléaux de votre colere ; Nous vous en prions par Jefus-Chrift.

L'Ant. Ave, Regína ; *& le refte comme au* I. *Dimanche de chaque mois.*

LE I. DIMANCHE D'AVRIL.

S'il ne tombe pas les jours des Rameaux, de Pâques ou de Quafimodo, on chante au Salut ce qui eft marqué au I. *Dimanche de Janvier, excepté ce qui fuit.*

Ant. Ego fum panis vivus qui de cœlo defcendi : fi quis manducáverit ex hoc pane, vivet in æternum ; & panis quem ego dabo, caro mea eft pro mundi vita.

℣. Sicut ádipe & pinguédine repleátur ánima mea,

℟. Et lábiis exultatiónis laudábit os meum.

Ant. Je fuis le pain vivant qui fuis defcendu du ciel : celui qui mange de ce pain, vivra éternellement ; & le pain que je donnerai, c'eft ma chair, que je dois livrer pour la vie du monde.

℣. Que mon ame foit remplie & comme inondée de vos bénédictions, Seigneur,

℟. Et ma langue fera fans ceffe éclater vos louanges.

C 5

O R E M U S.

ODieu, qui nous avez donné le pain véritablement descendu du ciel, afin que celui qui mange de ce pain ne meure pas ; faites que par la vertu de cer aliment spirituel, notre ame vive toujours en vous, & que notre corps ressuscite pour la gloire au dernier jour ; Par le même Jesus-Christ notre Seigneur. Ainsi soit-il.

DEus, qui nobis panem de cœlo verum dedisti, ut si quis ex ipso manducáverit, non moriátur ; præsta, quæsumus, ut spirituális alimenti virtúte, & ánima semper in te vivat, & corpus in novíssimo die gloriósum resurgat ; Per eumdem.

Après Pâques, on chante l'Antienne Regína ; *le reste comme au premier Dimanche de chaque mois.*

LE I. DIMANCHE DE MAI.

Comme au premier Dimanche de Février, excepté ce qui suit.

Ant. O douceur infinie de votre esprit, Seigneur ! pour marquer votre tendresse envers vos enfans, vous nourrissez d'un pain délicieux descendu du ciel, ceux qui ont faim, pendant que vous laissez dans l'indigence ceux qui n'ont que du dégoût pour vos dons.

℣. Les pauvres mangeront & feront rassasiés ;

℟. Leurs cœurs vivront éternellement.

Ant. O quam suávis est, Dómine ! spíritus tuus, qui ut dulcédinem tuam in filios demonstráres, pane suavíssimo de cœlo præstito, esurientes reples bonis, dívites dimittens inánes.

℣. Edent páuperes & saturabuntur :

℟. Vivent corda eórum in séculum séculi.

O R E M U S.

FAites, ô Seigneur notre Dieu, que nous nous approchions de votre Sacrement avec une faim & une soif toujours nouvelle, afin que pendant que notre chair se nourrit de votre corps & de votre sang, notre ame soit pénétrée de votre di-

FAc nos, Dómine Deùs noster, ad Sacramentum tuum esurientes & sitientes semper accédere ; ut, dum caro nostra córpore & sánguine tuo véscitur, ánima

de tuâ divinitáte faginétur ; Qui vivis & regnas Deus.

℟. Amen.

vinité ; Vous qui étant Dieu, vivez & régnez.

Ainfi foit-il.

Le refte comme au I. Dimanche de chaque mois.

LE I. DIMANCHE DE JUIN.

Comme au I. Dimanche de Mars, excepté ce qui fuit.

S'il tombe dans l'Octave du S. Sacrement, ou le jour de la Pentecôte, pour lors on chante au Salut ce qui eft marqué ci-après auxdits jours.

Ant. Ecce Deus nofter : accédite ad eum cum vero corde, in plenitúdine fidei, dícite in córdibus veftris : te oportet adorári, Dómine.

℣. Deus meus es tu, & confitébor tibi ;

℟. Deus meus es tu, & exaltábo te.

Ant. Voici notre Dieu ; approchez-vous de lui avec un cœur fincere & une foi parfaite ; dites dans votre cœur : Il faut vous adorer, Seigneur.

℣. Vous êtes mon Dieu ; je vous rendrai mes actions de graces :

℟. Vous êtes mon Dieu, & je vous glorifierai.

OREMUS.

COrda noftra, Dómine, fidei lúmine colluftra, & caritátis igne fuccende ; ut quem in hoc Sacramento Deum ac Dóminum noftrum agnófcimus, in fpiritu & veritáte trementes adorémus ; Qui tecum vivit & regnat Deus.

℟. Amen.

EClairez nos cœurs des lumieres de la foi, Seigneur, & embrâfez-les du feu de la charité, afin que pleins d'une fainte frayeur, nous adorions en efprit & en vérité celui que nous reconnoiffons dans ce Sacrement pour notre Dieu & notre Seigneur ; Lui qui étant Dieu, vit & régne à jamais avec vous.

Ainfi foit-il.

Le refte comme au premier Dimanche de chaque mois.

C 6

LE I. DIMANCHE DE JUILLET.

Comme au I. Dimanche de Janvier, excepté ce qui suit.

Ant. O bon Pasteur, sauvez votre troupeau ; cherchez les brebis égarées, bandez les plaies de celles qui sont blessées ; fortifiez les foibles, afin qu'elles sachent que vous êtes avec elles ; vous qui êtes leur Seigneur & leur Dieu.

℣. Le Seigneur est mon pasteur, & je ne manquerai de rien :

℟. Il m'a mis en d'excellens pâturages.

Ant. O Pastor bone salva gregem tuum : quod périit, requíre : quod confráctum est, álliga : quod infirmum est, confólida, ut fciant quia tu Dóminus Deus eórum cum eis.

℣. Dóminus regit me, & nihil mihi déerit :

℟. In loco páfcuæ ibi me collocávit.

O R E M U S.

COnsidérez, Seigneur, les maladies de votre troupeau, & faites aujourd'hui, ô Dieu de bonté, pour le salut des ames, par la vertu du Sacrement que nous adorons, ce que vous avez daigné opérer autrefois pour la guérison des corps, par l'attouchement de vos habits sacrés ; Vous qui étant Dieu.

VIde, Dómine, infirmitátes óvium tuárum. Et quod olim ad córporum fanitátem, prodeunte ex veftimentis virtúte, efficere dignátus es, nunc ad animárum falútem per hæc Sacramenta clementer operáre ; Qui vivis.

Le reste comme au I. Dimanche de chaque mois.

LE I. DIMANCHE D'AOUST.

Comme au I. Dimanche de Février, excepté ce qui suit.

Ant. Ayant pour grand Pontife Jesus-Christ le Fils de Dieu, présentons nous avec confiance devant le trône de la grace, afin d'y recevoir miséricorde, & d'y trouver le secours de la grace dans nos befoins.

Ant. Habentes Pontíficem magnum, Jefum Fílium Dei, accedámus cum fidúciâ ad thronum grátiæ ; ut mifericórdiam confequámur, & grátiam inveniámus in auxílio opportúno.

℣. Tu es Sacerdos in æternum

℟. Secundùm órdinem Melchífedech.

℣. Vous êtes le Prêtre éternel

℟. Selon l'ordre de Melchifedech.

O R E M U S.

MAjeſtátem tuam, Dómine, placábilem nobis exhíbeat ſemper vivens ad interpellandum pro nobis Póntifex noſter Chriſtus ; & ipſius Paſſiónem in hoc Sacramento recoléntibus, auxílium grátiæ præſtet opportúnum ; Qui tecum vivit.

QUe Jeſus Chriſt, ce Pontife toujours vivant pour intercéder en notre faveur auprès de votre divine majeſté, Seigneur, vous rende favorable à nos humbles demandes, & qu'il accorde le ſecours de ſa grace à ceux qui renouvellent dans ce Sacrement la mémoire de ſa Paſſion ; Lui qui étant Dieu, vit & régne.

Le reſte comme au I. Dimanche de chaque mois.

LE I. DIMANCHE DE SEPTEMBRE.

Comme au premier Dimanche de Mars, excepté ce qui ſuit.

Ant. Hic eſt panis, qui de cœlo deſcendit, & dat vitam mundo. Dómine, ſemper da nobis panem hunc, ut vivámus in æternum.

Ant. C'eſt ici le pain de Dieu qui eſt deſcendu du ciel, & qui donne la vie au monde. Seigneur, donnez-nous toujours ce pain, afin que nous vivions éternellement.

℣. Guſtáte, & vidéte
℟. Quóniam ſuávis eſt Dóminus.

℣. Goûtez, & voyez
℟. Combien le Seigneur eſt doux.

O R E M U S.

QUæſumus, Dómine Deus noſter, ut nos ad manducandum panem tuum, contínuâ pietáte renováre dignéris ; nec ſine

DAignez, ô Seigneur notre Dieu, allumer en nous, par un effet continuel de votre bonté, une ferveur toujours nouvelle pour nous nourrir de votre pain céleſte, & ne permettez pas que nous fortions du fiecle préfent fans ce gage de la vie éternelle ; Par Jefus-Chrift notre Seigneur.

Ainfi foit-il.

hoc æternæ vitæ pígnore ex præfenti féculo migráre permittas ; Per Chriftum Dóminum noftrum.

℟. Amen.

Le refte comme au I. Dimanche de chaque mois.

LE I. DIMANCHE D'OCTOBRE.

Comme au premier Dimanche de Janvier, excepté ce qui fuit.

Ant. O Roi de gloire, qui êtes affis dans le ciel à la droite de la Majefté fuprême, & qui habitez au milieu de nous ; fauvez votre peuple, béniffez votre héritage, & foyez éternellement fon Pafteur.

℣. Vos enfans, Seigneur, femblables à de nouveaux plans d'oliviers,

℟. Environnent votre table.

Ant. O Rex glóriæ, qui fedes ad déxteram Majeftátis in excelfis, & hábitas in médio noftrî ; falvum fac pópulum tuum, & bénedic hereditáti tuæ, & rege eos ufque in æternum.

℣. Fílii tui ficut novellæ olivárum,

℟. In circúitu menfæ tuæ.

OREMUS.

Accordez-nous, ô Dieu, que Jefus-Chrift votre Fils, qui a promis à ceux qu'il a rachetés, d'être avec eux jufqu'à la confommation des fiecles, ne ceffe d'être avec nous, nonfeulement par la préfence réelle de fon corps facré, mais encore par l'affiftance continuelle de fa grace ; Lui qui étant Dieu, vit & régne avec vous.

Ainfi foit-il.

DA nobis, quæfumus, Dómine, ut Fílius tuus Jefus Chriftus, qui fe ufque in finem féculi fuis fidélibus promífit adfutúrum, & præféntiæ corporális myftériis non déferat quos redémit, & majeftátis fuæ benefíciis non relinquat ; Qui tecum vivit & regnat Deus. ℟. Amen.

Le refte comme au I. Dimanche de chaque mois.

LE I. DIMANCHE DE NOVEMBRE.

Comme au I. Dimanche de Février, excepté ce qui suit.

Ant. Verè tu es Deus abfcónditus, Deus Ifraël Salvátor, útique, Dómine ego crédidi quia tu es Chriftus Fílius Dei vivi, qui in hunc mundum venifti.

℣. Cor meum & caro mea,

℟. Exultavérunt in Deum vivum.

Ant. Vous êtes véritablement un Dieu caché, ô Dieu d'Ifraël notre Sauveur. Oui, Seigneur, je crois que vous êtes le Chrift, le Fils de Dieu vivant, qui êtes venu dans le monde.

℣. Mon cœur & ma chair

℟. Brûlent d'ardeur pour le Dieu vivant.

O R E M U S.

DEus, qui ineftimábili caritáte, nobifcum fub hoc Sacramenti velámine habitáre voluifti; da fidélibus tuis abfcónditam divinitátis tuæ majeftátem firmâ fide intuéri, & per hæc públicæ venerationis offícia percípere religiónis augméntum; Qui vivis & regnas Deus.

℟. Amen.

O Dieu, qui par un excès admirable de votre charité, avez voulu habiter avec nous, caché dans le Sacrement que nous adorons; accordez à vos fideles de contempler avec une ferme foi la majefté de votre divinité fous les voiles qui la couvrent, & de recevoir un accroiffement de piété, par le culte religieux que nous vous rendons dans cette augufte cérémonie; Vous qui étant Dieu, vivez & régnez.

Ainfi foit-il.

Le refte comme au I. Dimanche de chaque mois.

LE I. DIMANCHE DE DÉCEMBRE.

Comme au premier Dimanche de Mars, excepté ce qui suit.

Ant. Omnes fitientes, veníte ad aquas; properá-

Ant. Vous tous qui avez foif, venez aux eaux falutaires: hâtez-vous, & mangez; venez

à moi, & votre ame vivra. Alleluia.

℣. Publions les miséricordes
du Seigneur,

℟. Parce qu'il a comblé de
biens l'ame affamée.

te, & comédite : & veníte
ad me, & vivet ánima ves-
tra. Allelúia.

℣. Confiteantur Dómino
misericórdiæ ejus,

℟. Quia ánimam esu-
rientem satiávit bonis.

O R É M U S.

QUe les Sacremens dont la
vertu nous renouvelle &
nous fortifie, remplissent nos
âmes de la douceur de votre
amour, ô Dieu de bonté, &
qu'ils nous donnent la grace de
soupirer sans cesse vers les dé-
lices ineffables de ce royaume
où vous régnez éternellement
avec votre Pere.
Ainsi soit-il.

SAcramenta, Dómine,
quibus nos instauráre di-
gnáris, cor nostrum amó-
ris tui dulcédine répleant,
& ad ineffábiles regni tui
delícias tríbuant júgiter sus-
pirare; Qui vivis & regnas
Deus.

℟. Amen.

*La Priere suivante se dit au Salut dans l'Avent, &
immédiatement après Complies, les autres Dimanches
& Fêtes de l'Avent.*

CIeux, envoyez votre rosée
sur la terre; que le Juste
descende d'en-haut comme une
pluie ardemment desirée.
Seigneur, ne faites pas davan-
tage éclater votre colere contre
votre peuple; ne vous souve-
nez plus de nos iniquités. Vous
voyez comme la ville où est
votre sanctuaire, est devenue
déserte; Sion est changée en
une solitude; Jérusalem est
dans une entiere désolation :
ce lieu, où vous avez fait paroître votre sainteté & votre
gloire, & où nos peres ont loüé
votre nom, est profané. Cieux.
Nous avons péché, & nous
sommes devenus semblables à
un lépreux : nous sommes tom-
bés comme la feuille; & nos

ROráte, cœli, désuper,
& nubes pluant jus-
tum.
Ne irascáris, Dómine,
ne ultrà memíneris iniquitátis. Ecce cívitas Sancti
facta est deserta. Sion deserta facta est : Jerúsalem
desoláta est : domus sanc-
tificatiónis tuæ, & glóriæ
tuæ, ubi laudavérunt te
patres nostri. Roráte.

Peccávimus, & facti su-
mus tanquam immundus
nos, & cecídimus quasi fo-

lium univerſi ; & iniquitátes noſtræ , quaſi ventus , abſtulérunt nos. Abſcondiſti fáciem tuam à nobis , & alliſiſti nos in manu iniquitátis noſtræ. Roráte.

Víde, Dómine, afflictiónem pópuli tui , & mitte quem miſſurus eſt. Emitte Agnum dominatórem terræ , de petra deſerti ad montem filiæ Sion ; ut áuferat ipſe jugum captivitátis noſtræ. Roráte.

Conſolámini , conſolámini , pópule meus : citò véniet ſalus tua. Quia mœróre conſúmeris ? quare innovávit te dolor ? Salvábo te , noli timére. Ego enim ſum Dóminus Deus tuus , Sanctus Iſraël , Redemptor tuus. Roráte.

℣. Excita poténtiam tuam , & veni ,

℟. Ut ſalvos fácias nos.

péchés , comme un vent impétueux , nous ont enlevés & diſperſés ſur la terre : vous nous avez caché votre viſage , & vous nous avez briſés en nous abandonnant à notre propre iniquité. Cieux.

Jettez les yeux , Seigneur , ſur la miſere de votre peuple , & envoyez à ſon ſecours celui que vous devez envoyer : faites ſortir de la pierre du déſert , & paroître ſur la montagne de la fille de Sion , l'Agneau qui doit être le maître du monde , afin qu'il nous délivre lui-même du joug de la ſervitude dont nous ſommes accablés. Cieux.

Conſolez - vous , conſolezvous , mon peuple ; celui qui doit opérer votre ſalut , viendra bientôt. Pourquoi vous laiſſezvous conſumer par la triſteſſe ? & comment la douleur vous at-elle ainſi défiguré ? Je vous ſauverai : ne craignez point ; car je ſuis le Seigneur votre Dieu , le ſaint d'Iſraël , & le Rédempteur qui vous a été promis. Cieux.

℣. Déployez votre puiſſance , Seigneur , & venez ,

℟. Pour nous ſauver.

O R E M U S.

Víde, Dómine, afflictiónem pópuli tui , & potentem nobis de cœlo liberatórem emitte , qui nos & à peccáti ſervitúte éximat , & ad glorióſam filiórum tuórum tránsferat libertátem ; Qui tecum vivit.

Regardez , Seigneur , l'affliction de votre peuple , & envoyez-nous du ciel un puiſſant libérateur qui nous délivre de l'eſclavage du péché , & qui nous faſſe arriver à la glorieuſe liberté de vos enfans ; Lui qui étant Dieu , vit & régne avec vous.

Ainſi ſoit-il.

Enſuite on chante l'Antienne Alma.

Le reſte comme au I. Dimanche de chaque mois.

LE JOUR DE NOEL.

Au Salut , après O falutáris, *on chante le* ℟. Verbum, *la Profe* Votis Pater ánnuit, *le* ℣. & *l'Oraifon
de la Proceffion ; enfuite* Alma : *le refte comme au* I.
Dimanche *de chaque mois. On chante la même chofe au
Salut , lorfque la Circoncifion tombe un jour de Dimanche , excepté le* ℣. & *l'Oraifon de la Fête.*

LE JOUR DE L'ÉPIPHANIE.

Lorfqu'il tombe le Dimanche , on chante le ℟. Myf-
térium Chrifti , *le dernier de Matines ou de la Proceffion ; la Profe , le* ℣. & *l'Oraifon de la Proceffion,* &c.

LE JOUR DE LA PURIFICATION.

Lorfqu'il tombe le Dimanche , on chante le ℟. *des*
I. Vêpres, Ex Sion , *la Profe , le* ℣. & *l'Oraifon de la
Proceffion. Après la Septuagéfime , au lieu de la Profe ,
on chante l'Hymne de Laudes.*

LE JOUR DE PASQUES

Et les deux jours fuivans , on dit au Salut le ℟. Ego
fum, I. *de Matines & de la Proceffion ; enfuite l'*O Filii,
le ℣. & *l'Oraifon de la Proceffion du matin ; le refte
comme au* I. Dimanche *de chaque mois , excepté qu'il
n'y a point de Proceffion.*

LE JOUR DE LA PENTECOSTE.

Après O falutáris, *on chante le* ℟. Super fervos, *des*
I. Vêpres, *la Profe* Veni , fanċte, *le* ℣. & *l'Oraifon
de la Proceffion ; le refte comme au* I. Dimanche *de
chaque mois.*

LE JOUR DE LA TRINITÉ.

S'il tombe le I. Dimanche de Juin, on chante au Salut le ℟. des I. Vêpres, l'Hymne de Laudes, le ℣. & l'Oraison de la Procession ; le reste comme au I. Dimanche de chaque mois.

L'OCTAVE DU S. SACREMENT.

Le premier jour, au Salut, on chante le ℟. suivant.

℟. Immolábit agnum multitúdo filiórum Iſraël ad veſperam Paſchæ, & edent carnes, & ázymos panes : * Quicúmque coméderit fermentátum períbit. ℣. Paſcha noſtrum immolátus eſt Chriſtus : ítaque epulémur in ázymis ſinceritátis & veritátis. * Quicúmque. Glória. * Quicúmque.

℣. Tout le peuple d'Iſraël immolera un agneau ſur le ſoir de la fête de Pâques ; ils en mangeront la chair, & des pains ſans levain. * Quiconque mangera du pain avec du levain, périra. ℣. Jeſus-Chriſt, notre Agneau paſcal, s'eſt immolé : mangeons donc la Pâque avec les azymes de la vérité & de la ſincérité. * Quiconque. Gloire au Pere. * Quiconque.

L'Hymne Adóro te, *l'Antienne* Omnes ſitientes, *le* ℣. *& l'Oraiſon, comme au I. Dimanche de Janvier.*

LE VENDREDI DE L'OCTAVE.

℟. Appáruit in ſolitúdine minútum in ſimilitúdinem pruínæ ſuper terram. Quod cùm vidiſſent filii Iſraël, ait eis Móyſes : * Iſte eſt panis quem Dóminus dedit vobis ad veſcéndum. ℣. Non Móyſes dedit vobis panem de cœlo ; ſed Pater meus dat vobis panem de cœlo verum. * Iſte eſt. Glória. * Iſte eſt.

℣. Dieu fit tomber la manne dans le déſert, & elle reſſembloit à ces petits grains de gelée blanche qui paroiſſent ſur la terre pendant l'hyver. Les enfans d'Iſraël l'ayant vue, Moyſe leur dit : * C'eſt-là le pain que le Seigneur vous donne à manger. ℣. Moyſe ne vous a pas donné le pain du ciel ; mais c'eſt mon Pere qui vous donne le vrai pain du ciel. * C'eſt-là. Gloire au Pere. * C'eſt-là.

L'Hymne Pange , lingua , *le Cantique* Sapiéntia , *l'Antienne , le* ℣. *& l'Oraison , comme au* I. *Dimanche de Février.*

LE SAMEDI DE L'OCTAVE.

℟. Elie étant couché dans le désert , apperçut auprès de sa tête un pain cuit sous la cendre , & un vase d'eau. Après qu'il eut bu & mangé, il marcha jusques à la montagne de Dieu , * Etant fortifié par cette nourriture. ℣. Si quelqu'un mange de ce pain , il vivra éternellement. * Etant fortifié. Gloire. * Etant fortifié.

℟. Respexit Elías , & ecce ad caput suum subcinerícius panis , & vas aquæ : comédit ergo & bibit , & ambulávit usque ad montem Dei , * In fortitúdine cibi illíus. ℣. Si quis manducáverit ex hoc pane , vivet in æternum. * In fortitúdine. Glória Patri. * In fortitúdine.

L'Hymne Sacris , *l'Antienne , le* ℣. *& l'Oraison , comme au* I. *Dimanche de Mars.*

LE DIMANCHE DANS L'OCTAVE.

℟. Jesus dit aux Juifs : Le pain que je donnerai , c'est ma chair , que je dois livrer pour la vie du monde. Or les Juifs disputoient entr'eux , & disoient : * Comment celui - ci peut - il nous donner sa chair à manger ? ℣. Oubliant les bienfaits de Dieu , & les prodiges dont ils avoient été témoins, ils disoient : * Comment celui-ci. Gloire au Pere. * Comment celui-ci.

℟. Dixit Jesus Judæis : Panis quem ego dabo , caro mea est pro mundi vita : * Litigábant ergo , dicentes ad invicem : Quómodò potest hic nobis carnem suam dare ad manducandum ? ℣. Oblíti sunt benefactórum ejus , & mirabílium ejus quæ ostendit eis : * Litigábant. Glória. * Litigábant.

L'Hymne Verbum , *l'Antienne , le* ℣. *& l'Oraison , comme au* I. *Dimanche d'Avril.*

Si ce jour tombe le premier Dimanche de Juin , à la fin du Salut, on fait la Procession à l'ordinaire autour de l'Eglise.

LE LUNDI DE L'OCTAVE.

℞. Cœnántibus Discipu-lis , accépit Jesus panem , x * Benedixit , ac fregit, deditque eis , & ait : Accí-pite , & comédite , hoc est corpus meum. ℣. Panem cœli dedit eis ; panem An-gelórum , manducávit ho-mo. * Benedixit. Glória Patri, * Benedixit.

℞. Jesus , soupant avec ses Disciples , prit du pain ; & l'ayant béni , il le rompit & le leur donna, en disant : * Pre-nez & mangez, ceci est mon corps. ℣. Il leur a donné le pain du ciel : l'homme a man-gé le pain des Anges. * Prenez & mangez. Gloire au Pere. * Prenez & mangez.

L'Hymne Pange, lingua, *l'Antienne , le* ℣. *& l'O-raison , &c. comme au* I. *Dimanche de Mai.*

LE MARDI DE L'OCTAVE.

℞. Accípiens Jesus cáli-cem , grátias egit , & dedit illis , dicens : * Bíbite ex hoc omnes ; hic est enim sanguis meus novi testa-menti , qui † Pro multis effundétur in remissiónem peccatórum. ℣. Hic est san-guis fœderis , quod pépigit Dóminus vobíscum. * Bíbite. Glória. † Pro multis.

℣. Jesus , prenant le calice, rendit graces , & le donna à ses Disciples , en disant : * Bu-vez-en tous ; car ceci est mon sang , le sang de la nouvelle al-liance , † Qui sera répandu pour plusieurs, pour la rémission des péchés. ℣. Voici le sang de l'al-liance que le Seigneur a fait avec vous. * Buvez-en. Gloire. * Buvez en.

L'Hymne Sacris, *l'Antienne, le* ℣. *& l'Oraison, comme au* I. *Dimanche de Juin.*

LE MERCREDI DE L'OCTAVE.

℞. Caro mea verè est ci-bus , & sanguis meus verè est potus : * Qui mandúcat meam carnem , & bibit

℣ Ma chair est véritablement une nourriture, & mon sang est véritablement un breuvage. * Celui qui mange ma chair & boit mon sang , demeure en moi, & moi en lui. ℣. Mangez, mes amis, & buvez : venez, mes bien-aimés , & participez à mon festin délicieux. * Celui. Gloire. * Celui.

meum sanguinem ; in me manet, & ego in illo. ℣. Comédite, amíci, & bíbite ; & inebriámini , caríssimi :: * Qui. Glória. * Qui.

L'Hymne Verbum, *l'Antienne , le* ℣. *l'Oraison ,* &c. *comme au* I. *Dimanche de Juillet.*

L'OCTAVE.

A sept heures & demie du soir, Vêpres & Complies. Au Salut, on chante le ℟. Unus panis, *au premier Dimanche de Février ; l'Hymne* Adóro te, *l'Antienne, le* ℣. *l'Oraison ,* &c. *comme au* I. *Dimanche d'Août. A la fin, on fait la Procession hors de l'Eglise, pendant laquelle on chante gravement le* Te Deum ; *ensuite la Bénédiction.*

LA VEILLE DE S. JEAN.

A huit heures du soir, au Salut, on chante le ℟. *des* I. Vêpres, Erit magnus, *les Hymnes des* I. Vêpres, *celle de Matines : on allume le feu, & l'on chante le* Te Deum. *Etant fini, on entonne l'Antienne de Laudes ; ensuite* Benedictus, *l'Antienne, le* ℣. & *l'Oraison de la Procession du lendemain,* Dómine salvum, *le* ℣. & *l'Oraison.*

LE JOUR DE L'ASSOMPTION.

Au retour de la Procession, au Salut, on chante le ℟. Concupíscet Rex, *la Prose* Induant, *le* ℣. & *l'O-raison de la Procession,* Dómine, salvum, &c. *A la fin,* De profundis *pro* Michaele *defuncto.*

LE JOUR DE SAINT SYMPHORIEN.

Le Salut comme il est marqué au Propre.

LE JOUR DE SAINT FIACRE.

Comme au I. Dimanche d'Août.

LE JOUR DE LA TOUSSAINT.

Lorsqu'il tombe le Dimanche, le Salut se dit tout de suite après la Procession ; & il est tout entier du I. Dimanche de Novembre : alors il n'y a point de Procession à la fin du Salut.

Si par la suite on établissoit des Saluts, les jours de l'Annonciation, Ascension, & autres Fêtes du Seigneur Solemnels-Majeurs, on prendroit le ℞. des I. Vêpres, la Prose ou l'Hymne de Laudes. Si c'étoit en Carême, comme il arrive souvent, par rapport à l'Annonciation, le ℣. & l'Oraison de la Procession, &c. comme au I. Dimanche de chaque mois.

F I N.

De l'Impr. de Cl. SIMON, Imprimeur de Monseigneur L'ARCHEVÊQUE de Paris, rue Saint-Jacqués, près S. Yves, 1787.

La Prose de la Messe ————
Les Hymnes de Complies ————
      de Laudes ————
      des 2des Vêpres ————
La Doxologie des petites Heures.
&c. &c. &c.

www.ingramcontent.com/pod-product-compliance
Lightning Source LLC
Chambersburg PA
CBHW060455260626
47161CB00005B/2109